Comme des hommes

Du même auteur
dans la même collection

Février (n° 315)

Louis Sanders

Comme des hommes

Collection dirigée par
François Guérif

Rivages/noir

106, bd Saint-Germain – 75006 Paris

ISBN : 2-7436-0677-0
ISSN : 0764-7786

« Vous mourrez comme des hommes,
comme l'un des princes vous tomberez. »

Psaume 82

On leur avait dit de fermer leur porte quand ils partaient, mais ils n'écoutaient pas, ils étaient confiants. On les voyait souvent monter dans leur voiture pour aller faire des courses, passer la soirée chez des amis peut-être, sans qu'ils prennent même la peine de verrouiller. On pouvait entrer chez eux par deux portes. La grosse porte cloutée de la cuisine, presque carrée, qui ne laissait pas passer la lumière, et l'autre, celle de devant, avec des vitres celle-là, que l'ancien propriétaire avait fait changer dans les années quarante, juste après la guerre ; elle était d'un vert un peu passé. Plus tard, elle l'avait repeinte elle-même, en bleu, mais toujours aussi pâle, sans doute était-ce pour obtenir un effet plus provençal.

Alors, quand les gens venaient leur rendre visite, ils frappaient quelques coups, à peine audibles, par habitude, puis ils entraient et découvraient l'ombre de leur intimité dans le désordre : deux tasses encore sales sur la table de bois blanc de la cuisine, des grosses tasses comme les aiment les Anglais, un sachet de thé utilisé dans un cendrier, parfois deux assiettes sur lesquelles la sauce tomate dessinait encore des spirales ; si on entrait dans le salon, c'était un panier avec des aiguilles et des bobines de fil, quelques épingles, le tout étalé au pied d'un fauteuil, un livre ouvert, un bouquet de fleurs sauvages qui se fanait dans un vase, une veste d'homme sur le dossier d'une chaise. Puis on sentait une sorte de chaleur s'exhaler de ces meubles étranges, les chaises de bois avec des accoudoirs et des dossiers compliqués faits de courbes qui s'entrelacent, presque comme des instruments de musique anciens, les fauteuils profonds, de toile, rayés ou avec des motifs à fleurs plus confortables, les tables et les armoires en pin et les cendriers à moitié pleins, les verres vides qui sentaient encore l'alcool. Ça, c'était le désordre des vivants.

Derrière cette porte qu'on ne fermait jamais à clef, sur le sol, il y avait trois corps, face contre terre, baignés de sang, encore chauds, dans un silence qui n'appartenait qu'à eux. Peut-être n'étaient-ils pas encore tout à fait morts, une quatrième personne les regardait, les mains sur les tempes, bouche bée devant cet autre désordre d'où émanait une autre chaleur.

La curiosité qu'ils éveillaient avait inspiré chez les voisins de John et Georgia, au début de leur installation dans le hameau, une générosité frénétique ; la vieille Pauillac, en particulier, grasse et joviale, était venue leur apporter des œufs, des courges, des potirons dont ils ne savaient que faire et elle leur avait expliqué qu'il y en avait plus s'ils en voulaient et qu'elle se ferait un plaisir de leur en vendre, de même que les poules et les lapins qu'elle se proposait d'égorger elle-même et le lait cru de chèvre, ce qui pour ces deux Anglais était une boisson impensable. Comme ils avaient été prévenus, ils hochaient la tête poliment dans un français correct bien qu'un peu hésitant. La mère Pauillac cherchait surtout à évaluer les transformations qu'ils avaient apportées à la maison du vieux Camille qui leur avait été vendue après sa mort par le fils aîné, celui qui avait quitté la terre, vivait à Angoulême et avait épousé une Charentaise. John et Georgia n'avaient pas compris, quand on leur avait expliqué ce parcours, qu'ils venaient d'entendre leur premier *understatement* périgourdin et qu'on leur signifiait que le personnage qui avait commis ces trois « crimes » ne pouvait pas être digne de confiance. Son frère vivait dans un hameau voisin, il avait épousé une veuve d'une soixantaine d'années comme lui ; elle avait un fils de trente ans environ et ensemble ils « faisaient des chèvres » comme elle disait.

Pendant que John s'activait dans la cuisine afin de préparer pour la mère Pauillac un Nescafé translucide avec beaucoup de lait demi-écrémé, Georgia s'était pliée au rituel de la visite, lui faisait même voir la chambre à coucher conjugale, à l'étage. La voisine n'avait pas été déçue par l'ampleur des changements apportés à la ferme Desjean, que Georgia avait rebaptisée leur « cottage » quand elle en parlait à d'autres Anglais. Et effectivement, ce jour-là, la vieille Pauillac avait effectué en quelques minutes un voyage dans le sud de l'Angleterre telle qu'en rêvent deux Londoniens, deux lecteurs de *Country Life*, et du catalogue Laura Ashley, même si on cachait ces publications quand on invitait des amis à passer une soirée dans l'appartement d'Islington.

La vieille Pauillac connaissait déjà le jardin, qu'elle trouvait négligé depuis que ces deux jeunes gens très gentils étaient arrivés, et elle ne tenait pas particulièrement à le visiter. Georgia avait insisté pour l'y emmener et lui demander ce qu'on y faisait pousser « avant ». Quand elle avait demandé conseil pour savoir où elle devait mettre son jardin potager, la vieille Pauillac avait répondu « Là », en désignant de son doigt bruni le milieu de la pelouse, « C'est là que la terre est la meilleure, Camille, l'ancien propriétaire, vous savez, celui qui est mort, il faisait toujours pousser ses légumes là ». À l'endroit précis où ils avaient disposé leurs meubles de jardin en teck, en face des rosiers, pas très loin des buddleias, connus pour attirer les papillons.

Georgia en avait été aussi stupéfaite que lorsqu'elle avait découvert les jardins de paysans français, où les fleurs sont alignées comme des légumes : une rangée de tulipes, une autre de glaïeuls, parfaitement parallèles, une troisième d'iris et ainsi de suite. Et dans les cimetières, elle avait vu à peu près la même chose, cette fois elle en avait même été choquée, des allées de graviers et des fleurs en pot ; parfois même, les tombes étaient surmontées d'une sorte de serre dotée d'une structure métallique dans laquelle on empilait pieusement des géraniums et des chrysanthèmes.

La vieille Pauillac avait enfilé ses pantoufles dans des sabots de caoutchouc et était repartie en se balançant de droite et de gauche et en multipliant les adieux et les remerciements, comme si elle se parlait toute seule. Georgia l'avait regardée s'éloigner avec un léger sourire dans lequel l'amusement se mêlait à la sympathie que lui inspirait cette « grosse dame », et tout lui parut charmant.

Elle tourna la tête en entendant un bruit de moteur ; c'était un tracteur qui approchait en soulevant la poussière du chemin, un vieil engin dont les cahots ne semblaient avoir aucun effet sur le conducteur, parfaitement immobile, une main sur le volant, légèrement penché en avant. C'était un homme d'un certain âge, au visage sec, aux larges mains, il était coiffé de l'inévitable casquette à carreaux surmontée d'un bouton et vêtu d'une veste bleue passée, couverte aux épaules d'une fine couche de poussière grise. Georgia se tenait entre les piles qui marquaient l'entrée de la ferme, il n'y avait plus de grilles. Elle fronçait les sourcils pour se protéger du soleil. Il faisait chaud. Comme le tracteur se rapprochait, elle adressa un sourire au conducteur et mit sa main sur son front en visière, puis son sourire se figea, l'homme passa devant elle sans la saluer, sans dire un mot, sans même relever deux doigts à la hauteur de sa casquette comme ils le faisaient parfois, mais il tourna la tête, lentement, pour continuer à l'observer de ses petits yeux noirs entourés de rides, immobiles et pourtant chargés d'une expression qui la mit mal à l'aise. Elle repoussa une mèche de ses cheveux blonds qui s'était échappée de son chignon, et sentit à ce moment-là la présence de son chien à ses côtés, un setter anglais qui regardait à son tour le paysan dans une attitude de défi. Elle se pencha pour l'attraper par son collier et l'empêcher de courir après le tracteur, tandis que de l'autre main, elle reboutonnait le dernier bouton de sa robe, qui croyait-elle, laissait voir la naissance de ses seins.

En rentrant dans la pièce principale, elle trouva John qui s'était déjà remis à la lecture de son livre, dans le gros fauteuil. Il s'interrompit en entendant son pas sur le carrelage, releva les yeux, et elle s'amusa de voir dans son regard une étincelle qui lui rappela ce qu'avait dû penser l'homme sur le tracteur.

Ce souvenir lui revint quelques jours plus tard, le vendredi matin au marché de Brantôme. Elle avait alors aperçu plusieurs hommes coiffés de casquettes semblables, portant le même bleu de travail usé par-dessus un débardeur blanc d'où s'échappaient des touffes de poils, sous les bras ou dans le cou. Ils discutaient en groupe, et elle reconnut qu'ils se parlaient souvent en patois, même si elle avait parfois des doutes, parce qu'ils s'exprimaient trop rapidement pour qu'elle puisse comprendre leurs paroles, et ils roulaient les « r » presque comme des Écossais, même si leur physique lui eût plutôt rappelé des Irlandais. Elle était allée acheter des carottes et des navets à un paysan sans âge, aussi râblé et tordu que les légumes qu'il vendait, ce qui la fit sourire intérieurement. Lui aussi portait une veste bleue et une casquette, mais elle n'avait rencontré chez lui qu'une politesse indifférente. Les nombreux touristes anglais, les chapeaux de cricket blancs, les shorts trop larges ou trop moulants, les voix fortes qui prononçaient parfois avec des accents ostentatoires des mots familiers l'avaient rassurée et avaient contribué à dissiper l'inquiétude que lui avaient inspirée ces deux yeux noirs qui l'avaient détaillée de façon… elle avait cherché le mot qui convenait le mieux pour qualifier ce regard puis y avait renoncé de peur d'éprouver à nouveau le même malaise.

Ils étaient arrivés à onze heures, c'est-à-dire un peu tard, quand tout le monde pense à remballer.

John était allé de son côté acheter six bonnes bouteilles de Pécharmant pour sa consommation personnelle, et six autres nettement inférieures pour leurs amis qui se contentaient de peu, du point de vue de la qualité en tout cas. Lui-même n'était pas un œnologue émérite, mais boire un vin cher correspondait à l'image qu'il voulait se créer en Dordogne et il hésitait encore secrètement entre le *gentleman farmer* presque à la manière du XVIIIe et l'écrivain distingué en exil dans son jardin, plutôt comme dans les années vingt cette fois.

Il posa ses deux caisses en carton par terre, sur le pont au-dessus de l'Isle, devant l'abbaye, car il sentait venir une crampe dans le bras, et scruta la foule en cherchant Georgia du regard. Les auvents lui bouchaient la vue, il s'était mis à transpirer légèrement ; il entendit quelques mots de hollandais derrière lui, aperçut un étal de poissons qui lui fit envie, puis ne la voyant toujours pas, il se décida à reprendre ses caisses en carton en se demandant comment il arriverait à soulever simultanément deux emballages aussi encombrants sans l'aide de personne. C'est à ce moment-là qu'il l'aperçut : elle marchait d'un pas indolent entre la pharmacie et le clocher de la petite église, tenant à bout de bras son panier africain, avec cet air de ne pas savoir exactement où elle allait, elle regardait à gauche et à droite, comme si elle attendait d'être abordée. Il ne pouvait pas décemment se mettre à crier pour attirer son attention, ils étaient à une bonne vingtaine de mètres l'un de l'autre, au moins. Il essaya de lui faire signe. Sans effet. Elle était plongée dans la contemplation de barquettes de fraises. Il remarqua qu'elle avait acheté des plants de tomates, de la menthe et des digitales qui dépassaient du panier. Il se sentit rougir sous les effets conjugués de la chaleur et de l'impatience. Il se pencha à nouveau, essaya de glisser les doigts entre la boîte en carton et le trottoir, puis de retenir ses douze bouteilles, six dans chaque boîte, entre son coude et son aisselle. La deuxième boîte glissa, tomba sur le côté et il poussa un juron en anglais. Un paysan vint l'aider à petits pas pressés, souleva la caisse et la cala sous son bras en criant « Attendez » et « Tenez », « Là, là », « Attendez, on va vous aider ». Ils se sourirent en hochant la tête « comme deux Chinois le jour du Nouvel an » songea John avec plus qu'une pointe d'agacement. Georgia qui était naturellement cambrée réajustait son chignon et ce geste accentuait encore ses formes. Quand il arriva enfin à sa hauteur, il ne put exprimer son impatience parce qu'elle venait effectivement d'être abordée par une amie anglaise qu'elle connaissait encore peu mais pour laquelle elle avait éprouvé une sympathie instantanée. Elle était peintre et photographe, vivait dans un hameau près de l'abbaye de Boschaud, dans une maison paysanne dont l'intérieur rappelait immédiatement la vie de bohème à Camden, voire Islington vers la fin des années quatre-vingt. Des peintres anglais, il y en avait en Dordogne à ne plus savoir qu'en faire, et John se demandait quand l'un d'eux solliciterait sa femme pour des séances de pose. Il connaissait ce genre de personnage et sa femme aussi. Elle avait fait des études à Londres dans une Art School et d'ailleurs, quand il lui avait demandé si elle avait déjà posé, elle avait répondu : « Oui, mais seulement pour des portraits. Je gardais mes vêtements. » Il était sûr qu'elle mentait.

John fit un sourire de plus, au point où il en était... Quand elle le vit arriver, Helen s'exclama « Oh ! Hello » comme si elle était surprise de le voir là, puis elle termina sa phrase de sa voix distinguée ponctuée d'éclats de rire hystériques ; comme il le comprit rapidement, il s'agissait d'une invitation, à venir participer à un pique-nique entre Anglais au bord de l'étang de Saint-Saud, vers huit heures du soir.

On l'appelait Jean Desjean depuis que sa mère s'était remariée mais ce n'était évidemment pas son vrai nom. Il avait gardé le nom de son père, un petit Alsacien réfugié en Dordogne pendant la guerre, qui n'était jamais reparti, s'était marié avec une fille de Saint-Pancrace, avait repris la ferme de son beau-père puis était mort, avant son temps, comme on disait. Sa femme qui avait hérité une autre ferme d'un oncle, avec plus de soixante hectares, s'était remariée avec Desjean. Comme l'Alsacien avait été économe et dur au travail, la veuve n'avait pas eu à s'en faire. Elle, on l'avait toujours appelée la fille Gascou, Maud. On n'avait jamais bien su prononcer le nom de l'Alsacien, on n'y tenait pas forcément non plus. En conséquence, Jean était devenu le petit-fils Gascou, ou le fils de Maud, devant lui il ne fallait pas l'appeler Jean Desjean, la simple répétition de ces syllabes lui paraissait ridicule et lui faisait l'effet d'une gifle. Il se mettait en fureur sans rien dire, il tournait les talons et il repartait les épaules voûtées, les mains dans les poches.

Il avait fini de traire les chèvres depuis un moment déjà, quand il ouvrit la porte vitrée de la cuisine en faisant sursauter le chien qui dormait dans son panier crasseux. Il avait encore donné à manger aux brebis, aux deux vaches à l'étable, puis il s'était allongé une heure sans rien faire entre les bottes de foin rondes, empilées les unes sur les autres et enveloppées de plastique noir qui rappelait des sacs-poubelle.

Dans son tablier en nylon, sa mère était penchée au-dessus de la cuisinière à bois et, de ses gros bras, remuait une concoction grasse dans une cocotte en fonte.

« Tu n'as pas besoin de claquer la porte », dit-elle sans se retourner en entendant le bruit des vitres qui se mettaient à trembler.

Son mari était déjà à table, à sa place, au bout, et remplissait un verre en Pyrex avec du vin léger presque transparent qu'il versait d'une bouteille sans étiquette et qu'il referma avec un bouchon de plastique.

Jean alla se laver les mains dans l'évier de la cuisine, remontant ses manches jusqu'au-dessus du coude pour savonner ses avant-bras bronzés et musclés avec du liquide vaisselle.

« Il y a du savon », fit sa mère toujours à moitié enfouie dans la cheminée où avaient été alignés les appareils de cuisine : la Rosières et la machine à laver la vaisselle.

Jean s'essuya avec un torchon en lin et alla s'asseoir devant son assiette à soupe blanche légèrement ébréchée. Il se mit de trois quarts sur la chaise en face de son beau-père pour montrer que, même dans cette position, il était capable de lui tourner le dos. Il n'avait encore rien dit. Le beau-père le regardait en hochant la tête, et comme toujours ce fut lui qui craqua le premier et qui, pour briser le silence, lança :

« Alors... le regain ? Ça va se faire tout seul ? Tu crois ?

— Je crois que ça va se faire sans toi, en tout cas. »

Pour ne pas avoir à répondre le beau-père vida son verre d'un trait et se resservit.

« Vous n'allez pas vous chamailler maintenant, c'est pas possible, ça, fit Maud, la mère.

— Tu bois ? demanda le beau-père à Jean parce qu'il connaissait déjà la réponse.

— Non.

— Bois donc, de quoi tu as peur ?

— J'en veux pas, je te dis. »

Le vieux haussa les épaules et tourna la tête vers la gauche.

Jean observait sa mère, de dos, il voyait à sa parfaite immobilité qu'elle attendait que la scène éclate. Le vieux était particulièrement agressif ce jour-là, il devait avoir vu ou entendu quelque chose dont il se refuserait à parler, mais qu'il allait continuer à ruminer à son bout de table, en même temps que la soupe au pain et le pâté, et le fromage, et les restes du confit de la veille. Seulement cette fois

Jean se trompait et son beau-père ne put garder plus longtemps pour lui ce qui le rongeait.

« Il a vendu la maison.

— Tu as eu les terres. Tu en as déjà bien une de maison. »

Maud espéra un instant sans trop y croire qu'elle apporterait une diversion en posant la soupière sur la table et qu'on passerait à autre chose. Pour en être un peu plus sûre, elle amorça une vague histoire, prête à improviser s'il le fallait : « Dis donc… »

Elle n'eut pas le temps d'aller plus loin.

« Ça, c'est la maison de mon père », fit son mari en se tournant vers elle pour la prendre à témoin et en se resservant encore une fois à boire.

« Tu ne devrais pas prendre de vin avec la soupe. C'est mauvais, dit-elle.

— T'inquiète pas pour ça. »

Et il reposa son verre de façon à faire beaucoup de bruit.

« C'est des Anglais qui ont acheté ça », et en disant ces paroles, il revit la silhouette de la femme aperçue entre les deux colonnes de pierre du portail, son visage rond et pâle, ses yeux bleus, ses cheveux blonds et la courbe de ses cuisses dessinées sous la robe tandis qu'elle se baissait pour retenir son chien. Il regarda le fils de sa femme avec un sourire en coin. Celui-ci venait de hausser les épaules.

« Qu'est-ce que ça peut faire ? »

À vrai dire, le vieux non plus n'éprouvait aucune aigreur supplémentaire parce qu'ils étaient Anglais, peu lui importait qu'ils fussent Anglais, Hollandais, Allemands ou même Parisiens (quoique ça, c'eût été le pire). Il avait vendu la maison, et c'était largement suffisant. « Il », c'était son frère. Et c'était sûrement la faute de cette Charentaise qu'il avait épousée si on en était là. Une fille de commerçants qui tenaient une confiserie et qui en avaient, des fermes, autour de Ruffec ou quelque part par là-bas, qui n'en avaient pas besoin d'une autre, ici. Il les connaissait les Charentais ; pour se faire offrir un verre, ils étaient toujours là, mais pour inviter, c'était autre chose. Et lui, le frère qui ne remettait jamais les pieds par ici. Qui s'occupait comme il pouvait à faire de l'argent à Angoulême. Gras et mou. Fainéant. Tout cela se résumait finalement en une phrase qu'il répéta à haute voix :

« Il a vendu la maison. »

Entre eux, ils avaient appelé cet endroit « le lac », et comme les animaux dans la jungle ou la steppe autour du point d'eau, les Anglais, les Français, les Hollandais et les Allemands se succédaient à des heures différentes autour de l'étang de Saint-Saud. Le soir et la nuit appartenaient aux Anglais. Si toutefois des Français, des Allemands ou des Hollandais s'attardaient ou se croisaient, ils avaient tendance à rester à distance respectueuse. À peine s'ils s'observaient de loin. À cette époque, les abords du lac n'avaient pas encore été aménagés, il n'y avait pas de sable sur le pourtour pour imiter une plage, pas de douches, pas de drapeau interdisant la baignade ici et là, à telle ou telle heure. En bordure du pré qui menait au lac et à la forêt étaient alignées des voitures immatriculées en Grande-Bretagne, ou en Dordogne, mais souvent avec le volant à droite. On traversait de hautes herbes, on arrivait dans le bois, et c'était là qu'on découvrait l'assemblée. Alors que le soleil se couchait en diffusant une lumière dorée reflétée par l'eau sombre du lac, ils commençaient à allumer les bougies sur les candélabres en vieil argent qui devaient éclairer le pique-nique. Les couverts aussi étaient en argent et les assiettes, bien que dépareillées, en porcelaine, posées sur des nappes en tartan qui recouvraient des tables de bois à moitié pourries par la pluie et dont les pieds s'enfonçaient profondément dans la terre. Généralement, on arrivait entre sept heures et demie et huit heures pour se baigner et le repas commençait vers neuf heures. Georgia portait son maillot de bain sous sa robe, John sous son short.

Il portait aussi le panier africain avec les serviettes et la salade qu'avait préparée Georgia sur les conseils d'Helen comme contribution au repas. C'était la première fois qu'ils se rendaient à un de ces rendez-vous. Il savait que tous les autres étaient des habitués et il était pris d'un accès de timidité en traversant le pré derrière Georgia, observant sa démarche, tandis qu'il sentait les herbes hautes fouetter ses jambes trop blanches, poilues et parsemées de taches de rousseur. Il n'aurait su dire combien de personnes étaient présentes ce soir-là, d'autant plus qu'on voyait régulièrement apparaître des silhouettes dégoulinantes d'eau qui venaient de sortir de l'étang et se recroquevillaient comme le font toujours les nageurs après le bain, les mains serrées l'une contre l'autre à hauteur de la poitrine et les coudes repliés, avec des chevelures comme des queues de rats noyés. Georgia avait été accueillie par Helen qui avait entrepris de la présenter aux autres ; on les salua avec des aboiements distingués et accueillants comme si le temps d'une nuit, un magicien avait transformé une meute d'élégants chiens de chasse en un club de pique-niqueurs anglais. On leur apporta immédiatement un verre de vin rouge tandis qu'ils échangeaient des banalités et des plaisanteries avec ces gens qui ne représentaient encore qu'une masse indistincte d'où se détachait parfois, pour quelques secondes à peine, le temps d'une réponse à une question, un visage, une épaule, un bras. On leur demanda s'ils avaient l'intention de se baigner, et comme ils hésitaient, on les y encouragea.

John était peu enclin à se déshabiller devant tous ces inconnus, il demandait si l'eau n'était pas trop froide, si elle était propre, s'il y avait des poissons dans le lac. On lui répondit avec beaucoup de patience. Pendant ce temps, Georgia avait laissé tomber sa robe à ses pieds comme une esclave sur un marché persan et avançait vers l'eau d'un pas un peu lourd et chaloupé, « On dirait une négresse », songea-t-il. Elle testa l'eau du bout du pied et entra lentement dans le lac sous le regard de John qui n'osait pas se retourner pour voir si d'autres hommes n'observaient pas eux aussi sa femme, en jetant un coup d'œil appuyé par-dessus le bord de leur verre de vin. Le bas de son corps disparaissait lentement, l'eau lui arriva juste en dessous des fesses, et elle fit encore un pas ou deux avec des gestes exagérés du tronc avant de plonger, en fendant la surface de l'étang de ses larges épaules telle une fée nordique.

John avait fini de déboutonner sa chemise avec une lenteur exaspérante et il se retrouva torse nu. Il sentait ses bourrelets déborder légèrement de son maillot de bain, plus pâles encore que ses jambes, si c'était possible. Il songea qu'après tout, il y avait des gens de tous âges et de toutes tailles là-bas derrière lui, assis à ces tables, et légèrement réconforté par cette pensée, il rentra son ventre avant de s'aventurer à son tour dans l'eau qu'il trouva glaciale. Il ne voyait plus que la tête de Georgia à une trentaine de mètres comme une balle flottant à la surface. Et même à cette distance, il put voir qu'elle lui souriait.

Ils sortirent ensemble au bout de quelques minutes et allèrent rejoindre les autres. Georgia semblait insensible aux aiguilles de pin qui lui piquaient la plante des pieds. Il estima que pendant cette baignade leurs hôtes avaient eu le temps de boire au moins deux verres chacun, et ce, d'après le volume de la conversation qui avait sensiblement augmenté. On les fit asseoir à une table ; ils étaient plutôt éloignés l'un de l'autre, Georgia était placée entre Helen et Dave, parfaitement à l'aise, il voyait qu'elle souriait et qu'elle plaisantait, mais il n'arrivait pas à entendre ce qu'elle disait. On le plaça à côté d'une femme qui, comme il l'apprit plus tard avait soixante-treize ans et s'appelait Lois. Elle fumait des cigarettes qu'elle roulait elle-même et l'observait en plissant ses yeux verts avec un sourire en coin, comme si elle allait l'engueuler ou lui adresser une remarque blessante. Au ton de sa voix, on aurait pu croire que c'était précisément ce qu'elle faisait, mais le contenu de ses paroles était plutôt aimable si on y prêtait attention.

« Vous avez un verre ? Servez-vous. Rappelez-moi votre nom ? demanda-t-elle comme s'il venait de se rendre coupable d'une impertinence.

— John.

— Donnez à boire à John », hurla-t-elle en s'adressant au reste de la tablée et en agitant un verre.

Elle frappa la table du plat de la main quand le verre arriva et fit « Voilà » en souriant toujours du même air, comme si elle venait de lui apprendre à se débrouiller dans la vie. Lois lui présenta ensuite ses amies. Il avait du mal à le croire, mais elles s'appelaient Alice et Eunyce. Elles hochèrent toutes la tête et lui demandèrent dans le désordre : depuis quand il vivait en Dordogne, s'il s'était installé de façon permanente, où il habitait précédemment en Angleterre. Il répondit à tout de façon satisfaisante, puis demanda « Et vous ? » car le protocole l'exigeait. En raison de la légère nervosité qu'il éprouvait encore, il but son verre un peu rapidement, et Eunyce le fit remplir avec une efficacité qui n'avait rien à envier à celle de Lois, bien qu'elle s'y prît de façon moins sonore. Il remarqua qu'à l'autre bout de la table, Dave remplissait également le verre de Georgia. Elle ne croisa pas son regard.

Le soleil se couchait sur la rive opposée de l'étang, entre les grands pins et transformait la surface de l'eau en une vaste plaque orange aux reflets jaunes. On distinguait les silhouettes noires, comme dessinées à l'encre, de nombreux gosses qui se couraient après en poussant des cris aigus. John n'avait pas encore eu le temps de comprendre qui étaient les parents de ces enfants jouant au milieu des arbres comme dans une illustration victorienne. Il les observa avec un brin de mélancolie en songeant qu'à son âge, maintenant qu'ils commençaient « cette nouvelle vie », ils devraient eux aussi avoir un enfant, et une autre pensée lui traversa l'esprit qu'il n'osa pas vraiment s'avouer ou formuler, mais il lui semblait qu'un enfant serait une bonne façon de mutiler Georgia, entre la grossesse et ses nausées, l'allaitement et ses fatigues, puis elle s'empâterait sans doute, peu lui importait à lui, tant qu'elle plairait moins aux autres hommes, ce serait tout ce qui comptait, et même si elle le maintenait dans un état d'excitation quasi permanent, il aurait préféré qu'elle perde sa beauté pour n'être qu'à lui. Elle aurait pu être borgne et chauve, tant qu'elle n'était qu'à lui.

Alice venait justement de lui demander s'ils avaient des enfants.

— Non, mais on y pense, fit-il avec un sourire entendu qui devait faire office de plaisanterie.

Helen venait de faire retentir un de ses rires aigus et toute la table se tourna vers elle en demandant ce qu'il y avait d'aussi drôle. John en profita pour étudier les gens qui étaient assis entre Georgia et lui et dont il ne garderait le lendemain qu'un souvenir très vague. Il avait l'impression qu'il n'y avait là que des peintres et des sculpteurs. Tous ne vivaient pas en Dordogne de façon permanente, mais tous y possédaient une maison et même ceux qui étaient restés en Angleterre venaient tous les ans. Ils parlaient des expositions qu'ils préparaient pour l'été à Brantôme, à Nontron, parfois même à Sarlat et souvent à Périgueux. Personne ne lui demanda ce qu'il faisait, par discrétion sans doute.

Alice, qui avait une soixantaine d'années, parlait du temps qu'elle avait passé en Éthiopie, quand elle était directrice d'une école et devait interdire à ses collègues indigènes de vendre au marché noir les livres que fournissait la Croix-Rouge à la bibliothèque de son établissement. Elle embraya sur une aventure qu'elle avait eue avec un collègue anglais lors du même séjour africain, et ce, malgré une cheville foulée. Elle porta à ses joues ses deux mains couvertes de bagues et laissa entendre un gloussement satisfait. Eunyce leva les yeux au ciel et ne put s'empêcher de sourire en se tournant vers son mari, un géant timide et cultivé qui était administrateur d'une guilde à Londres. L'anecdote éthiopienne d'Alice inspira à Lois un certain nombre de plaintes qu'elle proféra à l'égard des employés d'hôtel en Inde qui l'avaient beaucoup déçue lors de son dernier voyage lorsqu'elle s'y était rendue en compagnie d'un metteur en scène, auteur de plusieurs films d'avant-garde jusque vers la fin des années soixante. On fit savoir à John qu'un autre metteur en scène anglais connu, qui était un ami de Lois et Alice, était mort d'une crise cardiaque dans ce lac quelques années auparavant, deux pour être exact. Et Eunyce lança à ce propos une plaisanterie macabre qui les fit toutes rire. John en était à son quatrième ou cinquième verre, il ne savait plus exactement, peut-être même était-ce le sixième et il commençait à se détendre, d'autant plus que la teneur de la conversation flattait son snobisme. Il posa de nombreuses questions sur l'amitié d'Alice et de Lois avec ce metteur en scène connu et se rendit compte qu'Eunyce l'avait aussi souvent côtoyé. Elles possédaient toutes trois en communauté une maison qu'elles partageaient l'été avant de repartir dès la fin septembre, Eunyce à Londres, Alice en Cornouailles et Lois dans le Yorkshire auquel elle était très attachée comme toute personne qui vient du Yorkshire.

Les éclats de voix, le bruit des couverts en argent sur les assiettes, d'une bouteille sur le bord d'un verre, tout cela formait la musique de cette soirée. Les ombres projetées par les flammes des bougies redessinaient les visages comme en un tableau ancien un peu absurde dans lequel la salle à manger serait devenue les bords d'un lac entouré d'arbres au milieu de nulle part, un soir d'été.

Georgia aussi était un peu saoule et l'ivresse ajoutait à la scène une autre lumière et une chaleur qui n'avait rien à voir avec la saison. Elle aurait presque été tentée de fermer les yeux pour se féliciter, l'espace d'une seconde ou deux, d'avoir quitté l'Angleterre et d'avoir fait le choix de venir là. Aidée par le vin, elle éprouvait soudain pour ces gens une affection presque excessive compte tenu du fait que, quelques heures auparavant, ils étaient encore des inconnus. Le dessin des arbres plus noirs que le ciel noir et la lune qui se reflétait dans l'eau de l'étang, tout cela contribuait encore à lui faire ressentir cet enthousiasme naïf qu'elle n'avait que rarement connu par le passé et qui l'encourageait à rire à toutes les plaisanteries qu'on lançait autour d'elle. De temps à autre, elle jetait un regard en direction de John. Elle le voyait parler et boire avec ces trois femmes, lui aussi avait l'air heureux ce soir, et le soulagement qu'elle éprouva la fit boire un verre de plus. Elle ne songea même pas qu'il faudrait rentrer à un moment et qu'il eût été préférable que l'un d'eux au moins soit sobre. Ces pensées habituelles à toutes les soirées et les sorties qu'ils avaient connues ailleurs n'avaient plus cours ici.

Ils n'eurent pas d'accident de voiture. Ils se réveillèrent l'un et l'autre avec un terrible mal de tête, mais ils ne le regrettèrent pas.

Georgia était déjà levée et repensait à la soirée de la veille un sourire aux lèvres tandis qu'elle mettait les serviettes dans la machine à laver, enveloppée dans un peignoir en éponge blanc. John, encore dans la chambre, se levait difficilement. Il s'assit sur le bord du lit puis se dirigea vers la grande glace de la garde-robe « rustique » c'est-à-dire années quarante, carrée et hideuse qu'ils avaient achetée à Thiviers. Il se gratta le crâne en repoussant une mèche de cheveux roux qui devenait un peu longue pour son âge, une mèche de collégien comme une aile de pigeon (très anglaise trouvait-il) qui couvrait un de ses sourcils. Il était entièrement nu devant le miroir et une expression de dégoût se dessina sur son visage face à son propre reflet. Il se frotta le ventre et se trouva gros et laid. Son visage était enflé par l'alcool qu'il avait bu la veille, et encore la veille. Et ce n'était que du vin ; quand ils vivaient encore en Angleterre il lui arrivait d'ingurgiter au pub, des litres et des litres de bière dont sa panse gardait le souvenir. Si on lui avait dit dans un tel moment que Georgia lui était infidèle, il aurait presque pu le comprendre et en aurait attribué la faute à son propre corps. Il entendit les bruits qui venaient de la cuisine, elle avait allumé la radio et écoutait le ronron rassurant de la BBC, Radio 4, radio bavarde entre toutes qui égrène une petite musique anglaise tout en mots, tout au long de la journée dans tous les foyers anglais de Dordogne ; on écoute les émissions de jardinage, les enquêtes sur les habitudes des conducteurs anglais, les débats sur les problèmes d'éducation, les interviews de semi-célébrités d'âges variés, les critiques sur la politique du gouvernement, sur les nouvelles techniques d'élevage de veau, et on écoute encore, comme une messe, le bulletin météorologique destiné aux pêcheurs, qui donne la vitesse et la direction des vents, en mer d'Irlande, autour de Skye, dans les îles Faroe et même au large du Finistère (tous les Anglais sont particulièrement émus quand ils entendent ce mot-là, « Finistère », personne ne sait exactement pourquoi, mais cette sonorité exotique semble avoir quelque chose d'infiniment romantique), une voix féminine à l'accent légèrement démodé énumère pendant un laps de temps qui paraît interminable la vitesse des vents sur la mer, comme si elle récitait son chapelet. Et répondant à ce fond sonore, John entendait les autres bruits familiers du matin : Georgia qui posait deux tasses sur la table, le bruit de succion du réfrigérateur qui s'ouvre, elle sort le carton de lait (pourquoi n'y a-t-il pas de bouteilles en France ?), la bouilloire se met à siffler, il entend même le bruit que fait l'eau bouillante en tombant dans le fond de la tasse. Elle, depuis sa cuisine, allait entendre les craquements des marches de bois tandis qu'il descendait la rejoindre vêtu d'un T-shirt informe et d'un caleçon orné d'un motif idiot. Elle avait ouvert la porte de la cuisine, elle était jambes croisées, tenant sa tasse de thé à deux mains, le haut du peignoir bâillait.

« Comment ça va, ce matin ?

— Ça va, ça va, répondit-il en allant chercher dans le garde-manger une boîte de céréales et un bol dans le vaisselier.

— Bonne soirée hier soir.

— Oui.

— Ça t'a plu ?

— Beaucoup. »

Elle se retourna brusquement sur sa chaise avec un sourire radieux.

« C'est vrai, ça t'a plu ?

— Oui, bien sûr. »

Il était en train de verser le lait et de se gratter l'intérieur de la cuisse de l'autre main.

« Tu aurais envie de les revoir ? »

Avant même qu'il n'ait eu le temps de répondre, elle ajouta :

« Parce que l'amie d'Helen, qui était assise à côté de Dave, tu sais, à côté de moi, avec des cheveux courts bruns ?

— Oui. »

Il ne se rappelait pas très clairement.

« Elle organise un dîner demain soir, chez elle, pas très loin d'ici, elle voulait savoir si on viendrait ?

— C'est où ?

— Je ne sais plus exactement, je vais appeler Helen, elle me dira comment y aller. Tu en as envie ? Ça ne t'ennuie pas ?

— Non bien sûr. »

Elle se leva et s'approcha de lui pour poser ses deux mains sur ses épaules. Elle était debout devant lui, une jambe légèrement fléchie et elle le regardait de haut en souriant d'un air qui suggérait qu'il aurait une récompense pour avoir accepté. Comme pour le confirmer, elle se pencha légèrement et faisant apparaître ses seins pendant une fraction de seconde, l'embrassa sur le nez tandis qu'il mâchait encore une bouchée de céréales plutôt résistantes.

Il se rendit compte à ce moment-là que, pendant qu'elle l'attendait en bas en préparant le petit déjeuner, elle pensait à lui comme à un possible rabat-joie susceptible de la couper de toute une clique d'amis à laquelle elle avait envie d'appartenir. Encouragé par la promesse de plaisirs futurs qu'il lisait dans toute son attitude, il décida de dissiper totalement cette impression.

« Justement, tu sais, ces trois femmes avec lesquelles je parlais hier soir… Très charmantes toutes les trois…

— Lois, Eunyce, Alice ? demanda Georgia avec un petit rire.

— Oui. Elles font elles aussi un dîner la semaine prochaine, elles nous ont invités.

— Elles seront aussi au dîner après-demain.

— Ah. Très bien alors.

— Je suis contente que ça t'ait plu, j'avais bien l'impression que tu t'amusais mais je n'étais pas absolument sûre alors… tu sais, l'amie d'Helen, Dave, et Helen aussi… »

Et pendant les dix minutes qui suivirent, tandis que deux hommes se disputaient sur Radio 4 à propos des dépenses de la municipalité de Sheffield, elle chanta les louanges des Anglais de la Dordogne.

Le hameau dans lequel ils avaient choisi de s'installer était plus peuplé l'été ; aux résidents permanents comme les Pauillac, venaient s'ajouter deux « cousines » anglaises de Jersey qui avaient acheté une petite maison (un autre « cottage » comme disait encore Georgia) un peu en contrebas ; il y avait un couple de Parisiens qui avaient transformé la semi-ruine qu'ils avaient achetée en loft parisien à tendance rustique (un pot en grès sur le rebord de la fenêtre de la cuisine, leur jardin était le plus ordonné), un couple de Périgueux qui possédait un gîte derrière la maison de John et Georgia et venaient parfois passer le week-end ou louaient la maison à des vacanciers qu'on ne voyait jamais. Ils passaient en trombe dans leurs voitures généralement assez grosses et pleines de gosses habillés dans des couleurs dignes d'un panneau publicitaire, ils partaient faire leurs incontournables visites plus ou moins culturelles et tout à fait gastronomiques. Tous ces gens se croisaient dans les chemins et échangeaient de vagues hochements de tête. Personne n'aurait su dire pourquoi, mais on ne se fréquentait pas, tout juste si parfois les Parisiens invitaient le reste du village à prendre un verre entre leurs toiles abstraites et leurs sculptures contemporaines parce qu'ils s'y sentaient obligés. Ils connaissaient d'autres gens dans d'autres villages, qui d'ailleurs ne leur ressemblaient pas forcément, tout comme Georgia et John venaient de se faire des « amis » ailleurs. Les cousines de Jersey ne sortaient pratiquement jamais de leur jardin à l'abri des regards, peut-être craignaient-elles qu'on se rende compte qu'elles n'étaient pas vraiment cousines.

Tous les Anglais en Dordogne ont une madame Pauillac et toutes les madames Pauillac ont fini par avoir leur couple d'Anglais. Parmi les habitants du hameau, occasionnels ou non, Madame Pauillac avait une préférence marquée pour John et Georgia, sans doute parce qu'ils avaient décidé de venir s'installer, et qu'ils étaient jeunes. Secrètement elle jubilait à l'idée qu'ils aient repris la maison des Desjean, même si ces derniers étaient des paysans comme elle et que les deux Anglais ne connaissaient rien à la terre. Elle n'avait jamais bien aimé le père Desjean, elle n'en avait parlé qu'à son mari que ça n'intéressait pas. En revanche, elle n'en parlait pas à son fils que ça intéressait trop parce qu'il haïssait les Desjean. On le savait, on le disait, mais on faisait comme si de rien n'était. Et la mère Pauillac craignait d'encourager son fils qui avait des accès de violence.

Maud, c'était une pauvre femme bien sûr, rapiat quand même, et son fils, le fils de l'Alsacien, c'était un drôle de gouya, pas causant, gentil quand même. Jean Desjean, comme on disait dans son dos. La mère Pauillac aurait préféré ne rien avoir à faire avec eux, même si elle les recevait parfois chez elle, et qu'elle leur offrait un pineau ou une goutte comme à ce moment précis.

Ils étaient arrivés en même temps que Louis, torse nu et suant abondamment. Il venait de s'occuper de ses chevaux dans un pré appartenant aux gens de Périgueux et qu'il louait à l'année. Il y mettait un énorme étalon anglo-arabe qu'il n'avait pas dressé et dont il ne se servait que pour les saillies, il expliquait d'ailleurs que la petite jument grise était pleine, et que, attention (il avait levé un doigt court, épais et poilu), il serait beau le petit. Les Desjean ne s'intéressaient pas aux chevaux. Parce qu'ils ne pouvaient pas faire autrement, et en dépit de tout, ils vendaient parfois des vaches à Louis qui les emmenait à l'abattoir. À Nontron. Pas à Thiviers. « Moi, je tue à Nontron », disait-il.

Ce fut Jean qui les vit en premier lorsqu'il tourna la tête vers la fenêtre de la cuisine. Ils traversaient lentement la cour de la ferme en regardant de droite et de gauche, marquant parfois une pause pour observer les poulets ou les clapiers à lapins comme des enfants qu'on mène au zoo. Puis ils levaient les yeux comme si même dans le ciel, au-dessus des granges, ils allaient trouver un spectacle étonnant, légèrement inquiétant peut-être, digne d'être observé en tout cas. Jean savait parfaitement ce qu'ils pensaient et même s'il en était agacé, il ne pouvait pas leur en vouloir. Puisqu'on les regardait de la même façon depuis ce côté du monde auquel il appartenait. Il aurait aimé que ce fût différent, mais à force de conduire un tracteur été comme hiver, toujours au même rythme, de voir les mêmes gens et les mêmes arbres, il avait aussi, presque malgré lui, acquis la patience mélancolique de ceux qui l'entouraient, en particulier sa mère et son beau-père, qui n'avaient pas le même goût des plaisirs que Louis, assis là à parler de ses bêtes en gueulant, ou la mère Pauillac qui écoutait en faisant des plaisanteries grasses.

Ils s'étaient à nouveau arrêtés au milieu de la cour, comme s'ils avaient besoin de reprendre courage avant de franchir les derniers mètres et de frapper à la porte. Il la trouva belle. Lui, se tenait très droit, les épaules en arrière et le menton en l'air à force d'en avoir reçu l'ordre toute son enfance : « Tes épaules ! Les épaules en arrière », comme tous les petits Anglais, de même qu'on répète aux gosses français de ne pas se mettre les doigts dans le nez ou les coudes sur la table. Jean songea, sans même avoir besoin de les regarder que tous les hommes qui étaient assis là avaient les épaules voûtées et se penchaient en avant au-dessus de leur verre.

« Qu'est-ce que tu regardes là ? », demanda son beau-père.

Il n'eut pas le temps de répondre. On entendit au

même moment trois coups frappés à la porte et les aboiements de la vieille chienne assoupie au soleil qui venait seulement de se rendre compte que des étrangers avaient pénétré sur son territoire.

Madame Pauillac se leva et alla ouvrir la porte en criant : « Entrez, entrez, venez ! » dès qu'elle reconnut John et Georgia, « Venez boire un verre, nous sommes avec des amis, venez ! » Ils ne s'étaient pas rendu compte qu'une telle assemblée siégeait dans la cuisine Pauillac, sans quoi ils auraient rebroussé chemin. Par timidité. Outre Louis et les Desjean, il y avait là Héloïse, la fille de madame Pauillac, une vieille fille d'une soixantaine d'années qui vivait dans un hameau voisin et avait pour seule compagnie une tourterelle en cage qu'elle transportait partout avec elle. L'oiseau était posé sur la table et roucoulait parce qu'il venait de pondre un œuf, tandis qu'Héloïse lui caressait doucement la tête. Elle était à côté d'un adolescent de dix-sept ans au visage de chérubin, un peu gras, mangé par deux grands yeux bleus à l'expression vague. Lui aussi jouait avec la tourterelle, présentait son doigt devant le bec de l'animal pour qu'il le mordille. De temps à autre, le garçon levait les yeux vers la vieille fille et ils se souriaient, émus l'un comme l'autre par les réactions de la bestiole.

Georgia avait croisé les bras devant elle, consciente que les regards des hommes s'attardaient sur ses formes, tandis que John se demandait quelle était la meilleure façon de saluer tous ces gens en même temps. Elle remarqua qu'il y avait un oiseau posé sur la nappe en toile cirée tellement usée que le motif n'était plus reconnaissable, et elle ne put s'empêcher de s'amuser et de s'attendrir en même temps devant ce spectacle. En tournant la tête à gauche, elle se raidit car elle venait de reconnaître l'homme au tracteur, qui la regardait avec ces mêmes yeux petits, immobiles, attentifs, puis en l'espace d'une seconde à peine, son visage se transforma et prit une expression plus joviale. Un homme d'une trentaine d'années était assis à côté de lui, brun, avec des yeux bleus, la mâchoire carrée, les épaules larges, mais dans sa confusion face à ces hommes et à l'apparition de ce personnage qui l'avait effrayée devant sa maison, elle ne remarqua pas qu'il était beau.

Ils restèrent le centre d'attention du groupe le temps que dura leur visite. On leur avait trouvé des chaises et ils s'installèrent côte à côte, les mains sur les genoux comme deux écoliers ou plutôt, compte tenu de leur âge, comme deux idiots.

Il faisait frais dans la cuisine, mais les corps semblaient avoir gardé la chaleur de l'extérieur, l'odeur de la sueur se mêlait aux relents de nourriture dont les murs et les meubles étaient imprégnés. Madame Pauillac leur apporta un pineau malgré leurs protestations. Puis elle remarqua la boîte en plastique rouge entièrement faite de petits globes, qui devait contenir les œufs. « Vous veniez pour les coucous, vous avez bien le temps de faire connaissance d'abord. » Ils ne savaient pas ce qu'étaient des coucous, mais ils comprirent qu'elle parlait des œufs et répondirent par un sourire.

« Vous aimez faire la cuisine ? Qu'est-ce que

vous allez faire avec ces œufs ? demanda Louis en se penchant légèrement vers Georgia.

— Juste une omelette, répondit-elle. Il n'y avait plus rien à la maison et on ne voulait pas aller au supermarché et…

— Oh non, oh non, faut pas aller dans les supermarchés, c'est bien meilleur ce que vous trouverez ici, fit la mère Pauillac, pensant que ça ne ferait de mal à personne si elle vantait un peu sa marchandise. Et puis on ne sait jamais ce qu'ils mettent dedans.

— C'est comme la viande, ajouta Louis. Hé là, j'ai des agneaux que je vais amener à l'abattoir, là, bientôt, ils vont être prêts. Vous aimez l'agneau ?

— Oui, répondit Georgia en se demandant s'il fallait expliquer qu'en Angleterre on en mangeait beaucoup ou quelque chose comme ça, juste pour ne pas se contenter d'une réponse monosyllabique.

— Je vous en amènerai. »

Et pour montrer qu'il pensait ce qu'il disait, il se pencha en arrière en s'appuyant sur le dossier de sa chaise. Il commença à se masser la poitrine, d'énormes seins masculins luisants et comme jaunis par le soleil, qu'il était occupé à pétrir de ses mains puissantes, tandis que de temps à autre sa main descendait jusqu'à son ventre rond comme un dôme au milieu duquel ses poils humides dessinaient une étoile autour du nombril.

La tourterelle s'était mise à roucouler frénétiquement.

« Oh là, ça me casse les oreilles, fit le père Pauillac.

— C'est parce qu'elle vient de pondre un œuf,

qu'elle fait tout ce bruit-là, expliqua la vieille fille en se tournant vers John. Voyez, fit-elle en prenant le petit objet ovale entre le pouce et l'index pour l'approcher de son visage. Mais il est vide évidemment.

— Pourquoi ? » demanda John.

Ils éclatèrent tous de rire devant une telle naïveté.

« Parce qu'il n'y a pas de mâle, bien sûr », expliqua Héloïse avec un sourire en coin en se tournant vers l'adolescent qui ressemblait, si tant est que ce fût possible, à un eunuque sursexué un peu simple d'esprit et qui continuait à caresser le dos de l'oiseau.

Ils s'esclaffèrent tous comme si elle venait de faire une plaisanterie grasse.

Louis profita de l'interruption pour se remettre à parler du gigot d'agneau, il expliqua qu'il fallait couper la chair dans le sens de la longueur, puis se tournant vers Georgia, il ajouta : « Mais avant, il faut bien frotter la cuisse avec de l'huile d'olive, comme ça, pour qu'elle soit tendre », et de ses mains épaisses et puissantes il se mit à caresser une cuisse imaginaire sous le regard de John et de la vieille fille qui éprouvèrent chacun un malaise différent. Puis Louis se leva avec un bruit de chaise fracassant, et une fois debout vida le fond de son verre.

« Faut que j'y aille.

— Quand est-ce qu'on te revoit ?

— Oh ça... Avec ce que j'ai à faire. »

Il se tourna vers John et Georgia et porta sa main à sa casquette.

« Je viendrai vous voir avec le gigot, c'est promis. »

Ils le remercièrent.

Quand il eut passé la porte, le père Desjean agita la tête de droite et de gauche en guise de commentaire sur le caractère de Louis.

« Ah ça, c'est quelqu'un ! fit il pour traduire son geste en paroles.

— Nous aussi, il faut qu'on y aille », fit Jean Desjean en donnant un coup de coude à son parâtre.

Celui-ci se leva et pour la première fois depuis qu'elle était arrivée, Georgia put l'observer attentivement, les sourcils légèrement froncés, presque comme une petite fille. Jean lui adressa un sourire un peu timide en lui tendant la main poliment et en jetant un coup d'œil de côté vers le mari. John se leva, serra la main de Jean puis du vieux. La mère Pauillac les raccompagna à la porte en faisant presque des courbettes. Le vieux sortit en dernier, et avant de passer la porte, il eut le temps de se retourner vers Georgia ; elle lui trouva alors le même regard qu'il avait eu lorsqu'il l'avait observée depuis son tracteur, dans le bruit, la chaleur et la poussière. Elle eut le sentiment d'être entièrement nue au milieu de ces hommes, elle n'entendait rien, ou juste un bourdonnement comme si une mouche s'était glissée dans son oreille. Une goutte de sueur roula entre ses seins.

Mais de cette première rencontre et de ce regard, elle ne parla jamais à John.

« Alors, comment tu la trouves, la nouvelle ? » demanda le vieux Desjean quand ils arrivèrent au milieu de la cour.

Jean s'était arrêté pour sortir une cigarette de sa poche et l'allumer, avant de reprendre sa marche.

« Elle est prise, répondit Jean.

— Je ne te demande pas ça. Je te demande comment tu la trouves.

— C'est plus de ton âge.

— Ce serait peut-être bien du tien.

— Je ne parle pas l'anglais », répondit Jean avec un petit sourire dans lequel le vieux perçut une pointe d'amertume.

« Alors peut-être qu'elle sera pour Louis, lui il parle toutes les langues.

— Tais-toi.

— Ça te gêne qu'elle soit pour Louis ? »

Jean haussa les épaules. Ils étaient maintenant sortis de la cour de la ferme.

« Tu t'intéresses pas aux femmes ou quoi ? »

Jean ne répondit pas. On ne lui connaissait pas de maîtresses. Il avait eu bien sûr quelques aventures avec des femmes qui ne lui plaisaient même pas toujours. Un jour, alors qu'il avait vingt ans et était allé au salon de l'Agriculture à Paris avec des voisins, on l'avait saoulé et traîné à Pigalle. Il avait gardé de cette soirée un certain dégoût pour les propos des hommes sur les femmes et l'amour physique. Et souvent, le soir, il était trop abruti de travail pour penser à autre chose qu'au sommeil.

« À trente ans, t'es pas marié. Tu préfères pas les hommes quand même. »

Jean ne put s'empêcher de rougir légèrement.

« Ou tes chèvres ? »

Et le vieux éclata de rire, un peu comme une chèvre justement. Jean jeta sa cigarette par terre, au milieu du chemin, serra les mâchoires et vit défiler devant lui une série d'images, comme des photos dans un album de famille : le vieux allongé dans une mare de sang, le vieux pendu à une poutre, le vieux avec un couteau de boucher dans la gorge, le vieux sur une chaise roulante, bavant et se pissant dessus.

« Allez, tais-toi », fit-il pour clore la conversation. Mais le vieux riait toujours.

Ce que John et Georgia ne pouvaient pas savoir en sortant de chez les Pauillac, c'était qu'il y avait assez de rancœurs et de haine autour de cette table pour inciter au meurtre. Ils n'avaient pas compris que Louis était le frère d'Héloïse. Le frère et la sœur ne se parlaient pas. Ils s'étaient rencontrés ce jour-là chez leurs parents par un mauvais hasard. Elle considérait son frère comme une brute, lui la voyait comme une fainéante. Les parents lui donnaient de l'argent, ça oui, et elle ne faisait pas grand-chose pour le mériter. Leurs divergences de vue dataient de l'époque où ils se rendaient ensemble, à pied, à l'école communale, avec les autres gosses du hameau dans lequel ne vivaient plus que des vieux.

Héloïse ne s'était jamais mariée, ce qui agaçait son frère, il n'aimait pas l'idée d'avoir une vieille fille dans la famille, il ne savait pas pourquoi, et il la soupçonnait de se faire offrir des « cadeaux » par des hommes de Saint-Jean, de Saint-Pierre, il ne savait pas qui, mais il croyait même remarquer chez certains une étincelle moqueuse dans le regard quand on le croisait au café ou au marché, puisque c'est toujours là qu'on se croise. Attends qu'il en prenne un tout seul pour lui expliquer une chose ou deux. Quoique elle avait bien le droit de faire ce qu'elle voulait, comme on le répétait partout à propos de toutes les femmes, toujours dans ces mêmes cafés et aux repas de chasse entre les plaisanteries et les histoires abracadabrantes.

« Tu sais, il n'y a qu'une chose que je regrette par rapport à notre cottage », dit Georgia à John dans la voiture, tandis qu'ils se dirigeaient vers Périgueux pour se rendre dans un de ces immenses supermarchés qu'on leur avait conseillé d'éviter la veille avec tant de conviction.

« Et qu'est-ce que c'est ? demanda-t-il sans quitter la route des yeux.

— Il n'y a pas de vue.

— Pas de vue ?

— Oui, pas de perspective, on ne peut pas se mettre à la fenêtre et admirer le paysage. »

Elle avait raison. À l'arrière, l'immense grange au toit pourri qui leur appartenait marquait la fin du jardin. En face de la maison, une autre grange d'une taille imposante dont on ne savait pas à qui elle appartenait, mais dont Louis se servait parfois comme d'une écurie ou plutôt comme d'une prison pour ses chevaux ; il les y enfermait quand ils s'échappaient du pré et rompaient le fil qui devait servir de barrière parce que le courant électrique ne passait plus et qu'il ne prenait pas la peine de changer la batterie neuve. Ils possédaient une deuxième grange qui servait de garage à leur vieille voiture (Georgia rêvait d'une Volvo break comme les *gentlemen farmers* des Cotswolds) et qui formait un L avec le dos de la maison transformée en gîte, couverte de crépi gris qui défigurait un peu le jardin, mais Georgia avait décidé de planter le long de ce mur des buissons qui finiraient par le cacher, comme de l'autre côté du jardin où passait le chemin derrière l'étable des Pauillac. Le seul mur qui donnait sur l'extérieur était un mur aveugle.

« On pourrait faire ouvrir une fenêtre.

— Ça coûte cher, et puis je ne suis pas sûr que ce serait vraiment dans le style de la maison.

— Oui, tu dois avoir raison. »

Pendant qu'ils avaient cette conversation, Radio 4, sur l'autoradio, leur parlait du Dalaï Lama. Ils étaient arrivés au Petit-Jumilhac, pensant que cet itinéraire offrait un raccourci. En haut de la colline, les bois s'étendaient à perte de vue en une masse dense, comme des vagues vertes et immobiles attendant de déferler. Georgia tourna la tête vers la droite. « Regarde », dit-elle en passant devant le château au bout du hameau. « Tu imagines la vue qu'ils doivent avoir ». Il sourit sans regarder, il ne pouvait pas quitter la route des yeux à cet endroit précis. Il se tourna rapidement vers la droite pour regarder la petite église sur un monticule.

« On peut la voir de chez nous, dit-il.

— Tu crois ?

— Oui, je l'ai vue. Depuis notre pré, après le jardin.

— Ah ? »

Elle était un peu déçue parce qu'il était impossible

de traîner des chaises de jardin jusque-là, à plus de cent mètres de la maison.

— Au moins comme ça, on est chez nous, dit-il comme ils amorçaient la descente vers La Chapelle-Faucher. Il n'y a pas de vue mais personne ne peut nous voir non plus.

— Ça je n'en suis pas si sûre. »

Jean enleva ses bottes en caoutchouc, insupportables en raison de la chaleur et fut assailli par sa propre odeur écœurante, infecte, dans laquelle il se reconnut immédiatement. Il les laissa dans l'entrée et monta dans sa chambre à l'étage. La seule dans la maison qui n'avait pas de fenêtre. C'était son beau-père qui avait décidé que ce placard serait son refuge et le lieu de son repos. Il n'avait que treize ans à l'époque, il avait protesté, mais sans l'autorité pour se faire entendre. Sa mère, elle, n'avait rien dit et il lui en voulait encore, parfois. Il s'allongea sur le lit, regarda les quelques livres de poche alignés sur l'étagère au-dessus de sa tête. Il ne portait pas de montre, mais le soleil et la chaleur se conjuguant à la liste des corvées qu'il avait accomplies et à celles qu'il lui restait à faire lui indiqua l'heure, plus ou moins. Il n'avait pas besoin d'être exact. Il savait seulement qu'il n'aurait pas le temps de lire. Il prit au hasard un roman de Balzac qu'il avait déjà lu deux fois, il le feuilleta vaguement, parcourut un paragraphe ou deux, puis le posa au pied du lit. À quatorze ans il avait exprimé le désir de devenir instituteur, à seize ans d'être ingénieur, c'était l'âge où, toujours sur les conseils de son beau-père, il avait quitté l'école. Sa mère, là encore, n'avait rien dit. Il se demanda pourquoi il repensait à tout cela à ce moment précis et le visage de John lui apparut, pâle, indifférent, légèrement ennuyé, sans doute méprisant, puis vint celui de Georgia, qui, elle, avait exprimé dans son regard une certaine curiosité. C'était déjà ça. Peut-être même un peu plus quand elle l'avait vu quitter la pièce, mais il n'osait pas interpréter trop favorablement cette légère inclinaison de la tête et cette expression dans ses yeux bleus quand elle lui avait serré la main mollement.

Elle devait avoir lu des livres sur les paysans, elle aussi, elle avait dû le comparer à ses lectures, le trouver pittoresque. Un sourire en coin déforma les traits de son visage et se transforma rapidement en grimace. Il sentit une mouche qui s'était posée sur son coude ; il tourna la tête lentement, elle se débattait entre ses poils noirs qui l'empêchaient d'avancer. Il leva l'autre main, et d'un coup sec essaya de l'écraser en produisant un violent bruit de claque. Il la rata de peu.

En revenant du supermarché, Georgia avait insisté pour s'arrêter dans une grande surface spécialisée dans le bricolage comme il en fleurit autour de toutes les villes de province grandes et moyennes, fournissant à tous les hommes qui s'ennuient le dimanche de quoi se livrer à des travaux inutiles, à l'abri de leurs femmes et de leurs enfants. Quatre ou cinq de ces personnages arpentaient d'ailleurs les allées de ce hangar, entre les boulons, les faux, les râteaux, les marteaux, les perceuses, et toutes sortes d'outils métalliques que John ne parvenait même pas à identifier. Il resta à observer les bottes en caoutchouc, seuls objets dans cette collection dont il comprenait à peu près l'usage, puis il s'arrêta devant une chaîne enroulée autour d'un treuil et se laissa aller à une rêverie médiévale, tandis que Georgia hésitait entre deux pelles. Elle demanda aussi au vendeur comment fixer la lame de la faux au manche car ils étaient vendus séparément. L'explication était tellement simple qu'ils rirent ensemble et échangèrent quelques plaisanteries. John qui songeait aux Vikings et aux bûcherons canadiens en admirant une collection de haches sinistres les entendit dans l'autre allée. Il reconnut le français hésitant de Georgia. Une bouffée de chaleur lui monta au visage, il fit le tour et aperçut le vendeur, un jeune homme de taille moyenne, en T-shirt, jean et baskets. Il était plus petit que John, ce qui lui procura une satisfaction primaire et secrète qu'il chercha à entretenir en s'approchant très près avec un sourire hypocrite. Comme il arrivait devant lui, il remarqua encore que le jeune homme avait les dents très blanches, un faux air latin, qu'il ressemblait peut-être même aux acteurs dont Georgia aimait le physique.

« Ah, c'est monsieur qui va monter la faux ? » demanda le vendeur peut-être pour affirmer qu'il reconnaissait que Georgia était la propriété exclusive du « monsieur ».

« Non c'est moi », répondit Georgia en riant toujours, comme si elle voulait signaler à ce petit mâle que son mari était l'incompétence même en tout ce qui touchait le travail manuel et physique. Et il trouva ça effectivement très drôle. Ou peut-être même voulait-elle signifier par cette remarque qu'elle n'avait pas besoin de son mari pour quoi que ce soit, qu'elle était une femme indépendante et instaurer ainsi un doute quant au fait même qu'ils étaient mariés, ce qui aurait permis au vendeur de la draguer un peu plus longtemps et devant lui en plus.

« Alors, vous vous rappellerez ?

— Oui, pas de problème.

— Bien, ben je vous laisse, j'ai un client qui attend à la caisse. »

Quand ils arrivèrent à la caisse à leur tour, après avoir pris deux sacs de terreau, ils trouvèrent un autre vendeur, plus âgé que le premier. John en éprouva un certain soulagement, et se demanda en même temps pourquoi l'autre avait disparu puisqu'il avait affirmé peu de temps auparavant qu'il tenait la caisse. C'était sans importance. Le nouveau caissier était gras, laid et vieux, ce qui ne l'empêchait pas de lorgner les seins de Georgia qui faisait semblant de ne pas s'en rendre compte. Il se demanda encore une fois comment elle agirait en son absence. Est-ce qu'elle essayerait d'exciter le vieux monstre pour sa satisfaction personnelle ?

Sur le chemin du retour, il lui demanda de prendre le volant, il se sentait trop nerveux.

« Tu ne trouves pas qu'il ressemblait à cet acteur ? »

Tout en regardant la route, Georgia pensait à l'organisation de son jardin pour lequel elle avait des projets pharaoniques.

« Qui ?

— Le vendeur.

— Quel vendeur ?

— Il n'y en avait pas trente-six. Celui avec lequel tu plaisantais. »

Elle avait encore la tête trop pleine de ses pétunias, de ses iris et digitales (on avait du mal à les faire pousser dans le coin, paraissait-il et ça la contrariait légèrement) pour avoir tout de suite senti le danger.

« Ah ?

— Tu ne trouves pas qu'il ressemblait à cet acteur ?

— Quel acteur ?

— Celui qui te plaît. Dans cette série télévisée australienne. Tu sais, Kevin… Kevin… Kevin… »

Il insistait beaucoup sur le fait que l'acteur s'appelait Kevin, car comme c'était un prénom vulgaire, il prenait une petite revanche sur ce personnage d'une part et d'autre part lui faisait comprendre qu'elle avait des goûts aussi vulgaires que ce prénom.

« Je ne vois pas de qui tu veux parler.

— Mais si tu sais très bien. »

Elle faisait semblant, c'était sûr. Il en voulait pour preuve qu'elle venait d'allumer la radio dans l'espoir que la conversation en resterait là, elle écouta donc une émission de Radio 4 sur les grands bibliophiles du XXe siècle, elle qui n'était pas capable de lire un livre sans l'abîmer. Ils se turent pendant quelques instants, jusqu'à Cornille où une affiche publicitaire pour des soutiens-gorge lui rappela qu'elle fantasmait sur certains acteurs bruns, et il l'imagina le trompant avec Marlon Brando quand il avait vingt ans, alors qu'elle n'était pas encore née. Il baissa l'espèce de tablette fixée au plafond de la voiture pour se protéger du soleil et aperçut son propre visage dans la petite glace rectangulaire. Il releva immédiatement la tablette avec dégoût pour ne pas être confronté à son double menton.

Après les bibliophiles, alors qu'ils approchaient d'Agonac, ils eurent droit à *The Archers*, une série radiophonique sur une famille de fermiers du nord de l'Angleterre qui, depuis la fin de la Seconde Guerre mondiale, échangeaient des banalités sur les problèmes agricoles du jour entre quelques problèmes intimes qui avaient fait rebondir le suspens pendant plus de quarante ans. Lui-même s'était surpris à s'inquiéter pour ces braves gens. Georgia aimait ce feuilleton et était parfaitement capable de le suivre du début à la fin après en avoir raté quinze épisodes, et à peu près toute la Grande Bretagne pouvait accomplir le même tour de force.

« Quelle heure est-il ?

— Sept heures environ. Pourquoi ?

— On va être en retard au dîner chez l'amie d'Helen.

— C'est loin ?

— Pas tellement, mais je ne connais pas le chemin, elle m'a donné les instructions, j'ai quand même peur de ne pas arriver à temps. Et on n'a pas sorti Gulliver de la journée.

— On le laissera dans le jardin.

— Il n'y a pas de grille pour l'empêcher de sortir.

— On lui fera faire une longue promenade demain. On pourrait même y aller directement.

— Je veux passer à la maison d'abord.

— Pourquoi ?

— Poser les achats, et puis me rafraîchir, je voudrais me changer. »

À quoi bon se changer ? songea-t-il. Quel effet espérait-elle produire ? Et puis d'après ce qu'il avait vu, ces dîners anglais de Dordogne étaient rarement des concours d'élégance. On s'efforçait au contraire d'entretenir un style qui confinait au protestantisme campagnard, en affectionnant les vêtements aux couleurs ternes, élimés de préférence et en évitant quand même, lorsqu'on ne possédait pas de bétail, certains choix qui auraient tenu du déguisement : barbour vert, pantalon en velours côtelé et tweed en général. Il était toujours possible, toutefois, de porter un de ces vêtements, mais en aucun cas d'en mettre deux en même temps. L'été, ces règles étaient moins évidentes, car la température vous obligeait à porter des choses plus légères et forcément plus banales. Mais le blazer, par exemple était hors de question.

Georgia sortit de la douche dans un T-shirt décolleté en V qui laissait apparaître le haut de la fente entre ses seins et un jean qui sans être moulant révélait la rondeur de ses fesses. John préféra ne rien dire et but un verre de vin pratiquement en une gorgée.

« Mais on va prendre l'apéritif là-bas.

— Juste un, en t'attendant.
— Je suis prête. »

Louis entra dans la grange par la porte de derrière. De là, il apercevait le jardin des Parisiens et les volets clos de leur maison. Il alluma sa lampe de poche, l'interrupteur était de l'autre côté. En l'entendant entrer, l'étalon se mit à hennir et le son porta jusqu'à la maison de John et Georgia qui se préparaient pour la soirée. John avait fini d'enfermer le chien dans la cuisine, sûr qu'il allait pisser en leur absence pour les punir. Il s'en était défait avec toutes sortes de difficultés et en riant, car il éprouvait pour cet animal une affection qui l'étonnait presque. Il se sentait coupable de le laisser là, grattant à la porte et poussant des jappements aigus.

« J'ai oublié mes boucles d'oreilles.
— Pas besoin, on va être en retard.
— J'en ai pour deux minutes. »

Et elle monta l'escalier de bois en courant, tandis qu'il observait les mouvements de ses hanches. Elle se mit à fouiller frénétiquement dans une petite boîte parfumée parmi un assortiment de babioles sans valeur. Elle porta une paire de longues boucles à ses oreilles, se tourna de droite et de gauche en minaudant pour elle-même devant le miroir de la garde-robe, puis décida qu'il lui fallait autre chose. Elle trouva une des boucles auxquelles elle avait pensé, mais la deuxième se cachait sous des perles en bois, ou un bracelet en brillants ou encore une broche en plastique.

« Ça vient ? cria John.

— Oui, oui, j'y suis presque. »

Elle renonça à trouver la paire et décida que finalement les premières qu'elle avait essayées pourraient faire l'affaire.

C'est à ce moment qu'elle entendit le hennissement de l'étalon qui s'échappait de la grange en face. Une longue vibration à la fois puissante et implorante. Elle resta figée quelques secondes, puis s'approcha de la fenêtre et l'ouvrit pour regarder au dehors, tenant toujours ses bijoux au creux de la main.

Louis monta les marches de son échelle jusqu'à l'étage. Il s'approcha de la trappe pour l'ouvrir, se rappela l'endroit où il avait laissé sa fourche la dernière fois et se mit à faire tomber le foin en dessous pour nourrir l'étalon. C'est alors qu'il aperçut Georgia dans l'embrasure de la fenêtre de sa chambre à coucher. Elle regardait vers la grange sans le voir malgré la large lucarne qui formait un carré noir sur la façade. Il s'interrompit dans son travail et avec une extrême lenteur, s'appuya au manche de la fourche, enleva sa casquette et s'épongea le front du revers de la main. Il entendit une voix d'homme qui criait faiblement et elle disparut.

Le vieux Desjean s'était assis devant la table de cuisine qui servait aussi bien d'entrée que de salle de séjour. Par la porte entrouverte, on voyait le lit et le couvre-lit rose en nylon et à froufrous, mais Héloïse refusait de faire des cochonneries et de tout salir. Il l'entendait qui s'affairait derrière lui, à chercher un verre pour lui servir du pineau. Leur étreinte avait été brève, à peine une étreinte, comme chaque fois qu'il venait pour ces visites. Il l'avait prise contre cette même table, sur laquelle on faisait décidément tout, juste en relevant sa jupe sur ses reins. Puis après quelques grognements, tout était fini. Ils ne disaient pas grand-chose. Dans sa cage, la colombe roucoulait, poussait des roulades exaspérantes.

« Ça me casse la tête, ta bestiole. »

Elle ne lui répondit pas, mais adressa à l'oiseau quelques mots doux, tout en servant Desjean. Parfois, le châtaignier craquait dans le poêle.

« Tu trinques pas ? » demanda-t-il.

Elle fut touchée par cette question, qu'elle interpréta comme une preuve de tendresse. Elle haussa les épaules avec un sourire et alla chercher un verre dans l'armoire.

« Qu'est-ce qui t'inquiète ?

— Rien.

— Tu crois que ça se voit pas. Tu peux me le dire. Qu'est-ce qui t'inquiète comme ça ? Tu as peur que ta femme sache que tu la fais cocue. Ça ne t'enlèverait pas tes cornes à toi », ajouta-t-elle en éclatant de rire.

C'était risqué, il était de mauvaise humeur, il aurait pu la gifler. Mais il avait plutôt tendance à se calmer quand il avait tiré, comme il disait. Il ne releva pas la dernière remarque d'Héloïse, il se resservit lui-même à la bouteille. Puis il avoua :

« C'est le gouya qui m'emmerde.

— C'est un fainéant ?
— Non, ce n'est pas ça.
— Alors quoi ?
— Alors, il m'emmerde. »

Elle voyait qu'il avait l'esprit ailleurs, mais elle ne pouvait pas savoir qu'il craignait d'avoir été suivi par Jean et de voir son imposante silhouette quand il ouvrirait la porte de la ferme d'Héloïse (« Tu parles d'une ferme, tout juste une baraque »), et qu'il lui lancerait un de ses regards hautains et lui mettrait une raclée, parce que lui, le vieux Desjean, avait fait sa mère cocue. D'habitude, il ne restait pas plus de cinq minutes après en avoir fini avec Héloïse ; elle ne comprenait pas pourquoi il s'attardait, elle osait à peine mettre cette hésitation sur le compte de sentiments nouveaux. Et pour cette raison, elle se taisait.

Pire qu'une raclée, le gouya pouvait tout lui faire perdre, parce que, quand il avait épousé la vieille, la veuve, ils étaient évidemment passés chez le notaire. Elle disait que c'était pour protéger son petit. Au cas où elle mourrait. Un accident, etc. Il se leva, fit quelques pas vers la fenêtre, d'un air détaché, en jetant quand même un coup d'œil par-dessus son épaule, pour s'assurer qu'Héloïse ne remarquait rien de trop anormal dans son attitude. Il regardait le feuillage, au-delà du pré minuscule. La maison était au milieu des bois. Au bout d'un chemin de terre étroit. Deux pièces, une grange, et des toilettes dans une boîte en bois derrière le jardin potager. Il y avait des gouttières dans la grange, Desjean avait promis de venir les réparer, il ne l'avait jamais fait. Héloïse n'était pas de ces gens envers lesquels il est nécessaire de tenir ses promesses. Une idée lui traversa l'esprit, il pouvait très bien demander au gouya de venir réparer le toit de la pauvre vieille. Il pouvait même le faire devant sa femme, pour ajouter une touche d'ironie qui lui plairait assez. Elle serait capable d'insister auprès du petit, pour rendre service, parce que la pauvre Héloïse, qui vit toute seule, là-bas, qui n'a personne… Et quand il serait là-haut, à faire le geai avec les tuiles et les solives, il serait toujours possible de s'arranger pour qu'il ait un accident. À condition bien sûr, qu'il ne soit pas là dehors à l'épier. Peut-être même avec le fusil de chasse. Non, il ne fallait pas se mettre à paniquer. Ça, c'était impensable.

« Il pleut toujours dans ta grange ?

— Pour qu'il ne pleuve plus, il faudrait que tu l'aies réparée.

— Je vais m'en occuper.

— C'est ça, oui.

— Je t'assure. Tu crois que je n'ai que ça à faire ? Je vais demander à Jean de venir t'arranger ça. Je n'ai plus l'âge de faire le geai sur les toitures.

— Et qu'est-ce qu'elle va dire ta femme ?

— Qu'est-ce que tu veux qu'elle dise ?

— Quand même…

— Et lui, il va accepter ?

— Si je le lui demande. »

Il esquissa un sourire que même Héloïse trouva inquiétant. Si elle devait parfois compter sur l'infidélité des hommes pour obtenir une brève satisfaction, elle n'était pas habituée à ce genre de jeu et encore moins au plaisir qu'il procurait au vieux Desjean.

John et Georgia espéraient une répétition en intérieur de la soirée qu'ils avaient passée autour du lac. Ils arrivèrent les derniers et évitèrent une scène de justesse après avoir pris deux mauvais embranchements, Helen n'ayant pas été particulièrement précise dans ses instructions. La soirée se passait chez une certaine Sue Brimmington-Smythe qui avait récemment vendu un restaurant, divorcé et s'était mise en ménage avec un homme plus jeune qu'elle d'une quinzaine d'années, d'un tempérament en apparence sombre et impatient, gros buveur, gros fumeur, qui exerçait le métier de maçon. Joshua aurait toutefois pu exercer le métier d'ambassadeur s'il l'avait voulu, car il était issu d'une excellente famille aux ramifications compliquées, son père ayant été jusqu'à la fin des années soixante-dix, voire le début des années quatre-vingt, l'un des plus importants éditeurs londoniens. Il salua John et Georgia avec une certaine froideur en marmonnant « Un verre… un verre… verre… verre… verre, il faut que je vous amène un verre » et il agitait les doigts en se tournant de droite et de gauche comme quelqu'un qui imiterait l'empressement avec une exagération délibérée. Sue était plus souriante et on entendait le rire hystérique d'Helen qui s'échappait de la cuisine, comme pour annoncer son entrée. John remarqua qu'à force de vivre en France ils avaient tous pris l'habitude de s'embrasser sur les deux joues. Aussi, entre chaque « Comment allez-vous ? » et la réponse : « Très bien merci » se passaient quelques secondes consacrées à pencher le buste en avant pour se mettre joue contre joue. Georgia n'avait eu aucun mal à s'y habituer, on eût dit qu'elle avait grandi à Paris. John se plia au rituel comme un enfant qui apprend à plonger et sentit en conséquence pendant les cinq minutes qui suivirent des parfums, des poudres et des peaux de toutes textures contre son visage. Il eut aussi le loisir d'observer Joshua puis Dave, puis un peintre d'un certain âge, du nom de Bill Eastbourne, un autre homme dont il ignorait encore le nom et la profession, qui embrassaient sa femme de la même façon.

On était en train de prendre l'apéritif dans une vaste pièce carrée, entièrement vide, aux murs en pierre apparente et au plancher à moitié pourri. On y parvenait après avoir gravi les marches d'un escalier de pierre et Sue Brimmington-Smythe, au milieu, faisait de grands gestes avec les bras, en tournant sur elle-même pour décrire les prodigieuses améliorations que Joshua allait apporter à l'endroit. Bill Eastbourne était en train de dire à Georgia :

« Helen m'a parlé de vous. Vous avez fait des études d'art à Londres, il paraît ?

— Oui.

— Vous peignez ?

— Plus depuis longtemps.

— Quel dommage et pourquoi ça ? »

Elle répondit par un « oh » qui sortit à peine d'entre ses lèvres bien dessinées, légèrement entrouvertes, et trois points de suspension.

« Il faudra vous joindre à nous. C'est trop dommage. Qu'est-ce que vous peigniez ? Des paysages ? Des portraits ? »

Puis après un léger silence, il se pencha en avant au-dessus d'elle, car il était très grand, et ajouta avec une étincelle dans l'œil et un sourire en coin : « Des nus ? » Elle ne put s'empêcher de rougir et de regarder au fond du verre que lui avait apporté Joshua et qui contenait un vin trop aigre. Helen qui écoutait hurla de rire et fit : « Allons, allons, Bill ! » À quelques pas de là, John qui essayait d'expliquer à quelqu'un qui ne l'intéressait pas où il habitait exactement tout en restant attentif à ce qu'on disait à sa femme, poussa un long soupir d'exaspération. Puis reprit son compte rendu géographique : « C'est entre Saint-Jean-de-Côle et Brantôme, disons, et si on suit la route de… » tandis qu'il apercevait un peu plus loin Alice, Eunyce et Lois qui discutaient en cercle, assises sur des chaises, sous le regard d'Allan, tenant des verres de vin blanc dans leurs mains lourdement baguées. Elles ne l'avaient pas encore vu, et il allait devoir se débarrasser de ce type aussi poliment que possible pour les saluer. Il n'entendait plus ce que disait Georgia. Il avait envie de se joindre au groupe qu'elle avait rejoint, pour surveiller ce qui se passait en quelque sorte. Mais c'était impossible. Il chercha quelque chose à dire à son interlocuteur ; il n'avait pas vraiment le temps de réfléchir et il dut demander : « Et vous, vous habitez près d'ici ? »

L'autre lui avait déjà dit qu'il était un vieil ami de

Sue, qu'il vivait à Londres et n'était là que pour deux jours car il se rendait dans les Pyrénées où, etc., etc.

« Ah oui, excusez-moi, fit John avec un sourire gêné. Ça doit être l'alcool. »

Il reçut pour toute réponse un regard un peu froid. Puis après quelques secondes, l'emmerdeur fit : « Excusez-moi, je crois que je vais aller chercher Sue ou Josh pour qu'on me remplisse mon verre. »

Le type fit volte-face et s'éloigna. John se rendit compte que son verre était également vide, mais il était hors de question de le suivre à la cuisine, même s'il risquait d'avoir besoin d'un remontant pour participer à la conversation entre Helen, Georgia et le peintre qui ne faisait pas mine de s'éloigner. Et juste à ce moment précis, Lois l'aperçut et lui fit un signe de la main. Il n'eut pas d'autre choix que de s'approcher du groupe bien qu'il fût tenté l'espace d'une demi-seconde de répondre par un hochement de tête ou en agitant la main, lui aussi. Il jeta tout de même un coup d'œil par-dessus son épaule vers sa femme et ce peintre auquel il n'avait pas encore adressé la parole mais qu'il trouvait déjà excessivement antipathique. Il devait avoir une soixantaine d'années avec ses longs cheveux blancs filasses comme tous les peintres anglais et les poètes irlandais, un front traversé de rides profondes, un nez en bec d'aigle et des joues comme un tableau de Jackson Pollock, tout en bleu et rouge.

Après la commotion causée par l'arrivée de quelques autres personnes qui avaient décidé de s'inviter, un deuxième accident retarda le moment de se mettre à table. En passant derrière Georgia,

Dave l'avait légèrement bousculée au moment où elle portait son verre à ses lèvres et elle avait renversé du vin rouge sur son T-shirt blanc décolleté, le vin avait coulé à hauteur de sa poitrine en laissant une tache sur son sein gauche. Helen avait poussé un cri aigu, on s'était bousculé un peu plus, tandis que chacun donnait sa solution pour effacer les taches, il fallait du sel, de l'eau chaude, de l'eau froide, de l'eau tiède. Finalement le peintre décréta qu'il fallait mettre du vin blanc sur du vin rouge, il sortit son mouchoir en coton de sa poche, le trempa dans le verre d'Helen et se mit à l'appliquer sur le sein de Georgia, à petites touches, sentant sous l'étoffe la résistance de cette chair jeune et ferme. Elle essayait de protester faiblement. Le liquide rendait l'étoffe transparente et on voyait apparaître la peau. Sous l'effet du frottement la pointe de son sein avait durci et on la voyait parfaitement se dresser sous son vêtement. Il avait fait chaud toute la journée, elle ne portait pas de soutien-gorge. « Ça va, ça va, ça ira », disait-elle, en gloussant, parce qu'elle était gênée peut-être. « Non, attendez, attendez », faisait le peintre et il glissa ses doigts dans le col du T-shirt pour le soulever légèrement le tissu, et il continuait à frotter son mouchoir, on voyait qu'il regardait dans l'échancrure du T-shirt. « Bill ! Bill ! Bill ! » fit Helen en éclatant de rire. Et tout le monde reprenait des plaisanteries sur sa galanterie forcenée et son soudain enthousiasme pour la lessive.

John n'entendait plus ce que lui disait Lois, ni Eunyce, ni Alice. Il sentait seulement cette chaleur insupportable envahir son visage, les bruits et les voix lui parvenaient en un écho lointain, même la pièce semblait s'agrandir dans des proportions absurdes. Comme en un mauvais rêve il ne voyait plus distinctement les contours de ces personnages qui formaient un groupe autour de sa femme, seul cet homme qui la tripotait devant tout le monde paraissait immense. John était comme pris de nausée, et la paralysie faisait place à une rage qu'il fallait bien réprimer. Presque l'envie de tuer. Non, l'envie était là, c'était la possibilité qui lui manquait. La présence de ces gens. Même au milieu de cette tourmente il savait que son attitude et sa réaction étaient ridicules ou du moins seraient jugées comme telles. Il ne fallait même pas paraître crispé mais ça, c'était impossible. La scène s'était figée comme une gravure vulgaire accompagnée d'une légende grivoise, une de ces illustrations qu'on trouvait dans les livres « osés » du début du siècle : « Le peintre et son modèle », « La tache de vin », « Un amoureux de la propreté ». Il n'arrivait pas non plus à tourner la tête, à regarder ailleurs. Lois avait cessé de lui parler et le regardait en fronçant les sourcils, comme s'il était soudain malade ou comme s'il allait s'évanouir. Il s'en rendit compte tout d'un coup et en tournant à peine la tête vers elle, pour ne rien perdre du spectacle de sa femme en train de se faire molester il parvint au prix d'un immense effort à lui adresser une grimace qui devait passer pour un sourire.

Ce fut Sue Brimmington-Smythe qui brisa le charme. Elle s'approcha et proposa à Georgia de lui prêter une chemise pour se changer. Georgia refusa. John avait prié le Ciel pour qu'elle accepte et quitte ce haut mouillé qui révélait maintenant la moitié de sa poitrine. Le peintre avait dû la tenir d'une main crispée, car à force d'avoir tiré dessus le col bâillait, et en dessous le tissu humide lui collait à la peau. John ne distinguait toujours aucune parole dans ce brouhaha de voix, il remarqua seulement que l'alcool les avait rendues flottantes. Le peintre avait été obligé de la relâcher et de faire au moins deux pas en arrière. Il n'était pas difficile de deviner qu'on reparlerait de l'incident toute la soirée, que ce serait le fil conducteur de toutes les plaisanteries, qu'on y reviendrait pour relancer les conversations qui s'enlisent et tout le monde se tournerait vers lui et vers elle surtout, Joshua et Dave aussi avaient dû en profiter et la lorgner en toute tranquillité.

Sue ne suivait pas un rituel précis pour placer ses invités autour du long madrier qui servait de table dans la cuisine. On ne tenait pas particulièrement à ce qu'une femme soit forcément assise entre deux hommes. Alice, Eunyce et Lois se mirent ensemble avec Alan. Sue et Helen s'assirent en face de Dave et Joshua. Georgia était assise entre ce dernier et une certaine Marianne Deville qui présidait. John se retrouva à côté du peintre. Ils étaient à l'autre extrémité de la table, assis sur des chaises pliantes en toile, un peu basses, de metteur en scène.

« Peut-être que Georgia voulait être avec John, suggéra Helen.

— Mais non, aucune importance, hurla Sue

Brimmington-Smythe, puisqu'ils sont mariés de toute façon…

— C'est votre femme ? demanda le peintre qui venait de comprendre en se tournant vers John.

— Oui.

— Vous avez une très belle femme. »

C'était comme s'il venait de lui dire ouvertement qu'il avait envie de coucher avec elle. Il repensa aux doigts velus de son voisin de table caressant les seins de Georgia. Cet effleurement était comme un tatouage qu'il faudrait effacer dans un bain de sang. Comme tout le passé de Georgia avec ces hommes, et qu'elle avait tenu à lui raconter. Et la violence des images qui se succédaient secrètement et sans bruit dans l'esprit de John finirent par l'apaiser ou en tout cas lui permirent de se donner l'apparence de la normalité.

« Vous avez vu, il lui est arrivé un petit accident tout à l'heure.

— Oui, j'ai vu, répondit-il pendant que Sue lui servait de la soupe par-dessus son épaule. »

Il avait horreur de la soupe. Et le peintre lui demanda où il habitait, depuis combien de temps, d'où il venait en Angleterre. On était encore au stade semi-sobre de la soirée. Il devait s'avérer que le peintre avait le vin triste. Pour l'instant il demanda à John s'il avait fait des études d'art comme sa femme. La réponse était non.

« Vous ne vous intéressez pas à l'art ?

— Euh…

— Pourquoi ?

— Si, je m'y intéresse, mais en amateur.

— Vous méprisez les artistes ?

— Non.

— Pour vous l'art, c'est quoi ?

— Vaste question, je euh… pourriez-vous me passer la bouteille ?

— Joshua ! Joshua ! cria-t-il tout à coup dans une crise de truculence artistique, Joshua mon frère, passe la dive bouteille pleine de ce nectar digne de l'Olympe, que le palais asséché de cet homme marié à la divine euh… se rafraîchisse des plaisirs de la vigne.

Tout le monde s'était tourné vers eux. Et Joshua avait fait ce qu'on lui demandait. Bill Eastbourne avait espéré que cet éclat ramènerait l'attention générale vers lui, en vain. Il ne lui restait plus qu'à s'adresser de nouveau à John qu'il trouvait ennuyeux. John en profita pour contre-attaquer et lui demander s'il exposait souvent ses œuvres, à Londres par exemple. Le coup porta dans la mesure où le peintre dût bien reconnaître qu'il n'avait pas pu montrer ses toiles depuis… depuis un certain temps, disons. Mais à long terme ce fut une erreur, car il passa le reste du repas à pleurer alternativement dans son verre et son assiette en s'interrogeant sur la nature profonde de l'art et en se plaignant de la vulgarité du public, de la vénalité des directeurs de galerie et de la nullité des peintres qui avaient du succès à l'heure actuelle.

Joshua et Dave parlaient des bars qu'ils fréquentaient et des célibataires qu'ils y rencontraient, souvent il s'agissait d'autres maçons ou artisans anglais que John et Georgia ne connaissaient pas.

John apprit ce soir-là que comme le peintre, le maçon anglais de bonne famille est une espèce répandue en Dordogne. À l'autre bout de la table, Sue, Marianne Deville et Helen échangeaient avec des voix stridentes des souvenirs de leurs nannies et de leurs écoles de filles. Georgia avait eu une Nanny et pouvait apporter à la conversation ses propres anecdotes. John écoutait. Elles parlaient de leur premier bâton de rouge à lèvres acheté secrètement à Woolworth (une audace pour quelqu'un comme Marianne, qui précisa qu'aux yeux de ses parents le pire eût encore été d'apprendre qu'elle avait choisi de faire ses achats illicites dans ce magasin de pauvres), elles parlèrent de l'uniforme de l'école et de la jupe qu'on essayait de porter le plus haut possible sur la cuisse, elles parlèrent des soirées organisées avec les élèves du pensionnat de garçons. Elles rirent encore et encore.

L'été se déroula ainsi de soirée en soirée et en soirée. Au fur et à mesure que leur cercle d'amis s'agrandissait, on buvait sur les bords du lac ou chez Helen, chez Sue, chez Mark, chez Derek, chez Tom, chez William, chez Bill, chez Billy, et on croisait le même assortiment de personnages, mélangés et redistribués comme des figures dans un paquet de cartes.

D'autre part, Georgia s'était considérablement rapprochée de madame Pauillac et allait chez elle au moins deux fois par semaine ; les visites de madame Pauillac étaient moins fréquentes, une fois tous les quinze jours en moyenne, peut-être était-elle intimidée par John. Plus vraisemblablement, elle préférait que son intimité avec « les Anglais » restât essentiellement féminine.

Parfois quand ils passaient dans le café du village « niché au creux de la colline et dominé par le vieux clocher », exactement comme dans le cliché de la France qu'il s'était fabriqué avant de venir s'y installer, John apercevait à l'intérieur, Louis ou le père Desjean dont il avait oublié le nom et qu'il n'avait plus croisé depuis sa visite chez madame

Pauillac et d'autres personnages encore qui leur ressemblaient mais qu'il n'arrivait pas à identifier. Heureusement pour lui, il ne pouvait pas savoir qu'on y parlait parfois de sa femme, et s'il avait appris qu'on l'appelait « la belle blonde » ou « la belle anglaise », il en aurait perdu le sommeil.

« Ça va bientôt être la chasse. Tu vas préparer le repas, à la cabane ?

— Je me demande ce que tu vas chasser, toi.

— Je vois bien où il va se mettre à l'affût, tiens. Il connaît les coins où il y a du beau gibier qui passe.

— Des drôles de chèvres. »

Pour soigner les maux de tête dont ils souffraient souvent, John et Georgia emmenaient leur chien en promenade, suivant presque toujours le même parcours sur les sentiers forestiers. L'après-midi Georgia travaillait dans le jardin et s'occupait de la décoration du « cottage » en fin d'après-midi.

Les jours raccourcissaient. Après les menaces qu'avaient contenues les heures trop chaudes, se profilaient parfois vers la fin août d'autres dangers plus lourds, plus ternes, dans les jours de pluie, de brouillard et de froid. On n'y était pas encore, il faisait toujours beau, mais on pouvait en avoir le pressentiment. Le cercle des amis qu'ils s'étaient faits au cours de l'été commençait à rétrécir, Lois, Alice et Eunyce étaient déjà rentrées en Angleterre après avoir fermé les volets de leur maison et confié la clef au voisin paysan qui aimait les voir arriver et observer leur vie pendant trois mois de l'année. Et au fur et à mesure que les résidents occasionnels repartaient, John et Georgia pouvaient faire la différence entre ceux-ci et les autres qui s'étaient installés définitivement en Dordogne et y passaient toute l'année : d'abord ils étaient plus pauvres, plus endurcis aussi, comme si l'âpreté de l'hiver avait fini par les former, leurs vêtements étaient plus usés et plus sombres, ils buvaient plus et fumaient plus et leur humour était souvent plus cruel. Georgia voyait maintenant Helen régulièrement, John, en revanche, ne s'était pas vraiment trouvé un ami proche, comme il en avait eu à Londres. Il écrivait encore de loin en loin, mais très vite John et Georgia eurent le sentiment d'avoir quitté l'Angleterre depuis très longtemps et de ne jamais pouvoir y revenir.

« Tu ne regrettes pas ? demandait parfois John à Georgia.

— Non, pas du tout.

— Et toi ? »

Il marquait une légère pause avant de répondre.

« Non, moi non plus. »

John avait eu beaucoup de mal à travailler pendant l'été, il avait écrit deux articles peu après leur arrivée, puis le temps avait très vite passé, et en faisant le compte, il arrivait à la conclusion qu'il avait eu droit à quatre mois de grandes vacances. Il restait encore beaucoup d'argent de la vente de l'appartement de Londres. Mais Georgia commençait à sentir que leurs calculs n'avaient pas été parfaitement exacts et que, même si le prix des maisons en France était sans comparaison avec ce qu'on demandait en Angleterre, l'argent filait. Elle ne comprenait pas vraiment pourquoi. Les plantes qu'elle achetait pour le jardin n'étaient pas particulièrement onéreuses, ni la nourriture, ni le vin puisqu'ils choisissaient presque toujours le plus mauvais. La vie restait quand même plus chère ici qu'en Inde ou dans un village de pêcheurs au fin fond du Portugal, d'après ce que leur en avaient dit d'autres amis anglais qui avaient fait ces choix-là et qui les avaient incités par leurs récits de vie facile à partir à leur tour. Ils ne savaient pas, évidemment, que leurs amis exagéraient largement leur bonheur à l'étranger et que parfois ils allaient jusqu'à mentir. John avait une connaissance à la rédaction d'un journal sans importance, ce qui lui permettait de rapporter un peu d'argent avec ses articles sur la France. Mais il devint très vite évident qu'on ne pourrait pas en vivre. Faire appel aux parents de Georgia pour une aide financière équivalait à demander une place dans l'administration d'une compagnie commerciale et il n'en était pas question. On pourrait, un jour, mendier de l'argent aux parents de John, mais il trouvait cette solution assez peu « adulte » et de toute manière, ils n'étaient pas assez riches pour entretenir un couple en villégiature en France à l'année. Toutes ces pensées absentes en mai, en juin et en juillet avaient fini par s'insinuer dans les journées de fin d'été comme des remarques désagréables dans les conversations d'un couple.

Louis avait souvent entendu sa mère dire : « Ça, c'est des braves gens » et il l'avait cru, il avait remarqué qu'elle appréciait les nouveaux venus et il éprouvait pour eux une certaine reconnaissance. Sa mère disait encore : « Ils sont bien gentils », et lui aussi savait qu'ils occupaient la maison des Desjean, et que même c'était tant mieux. C'était pour cette raison et par curiosité aussi qu'il s'était présenté ce jour-là, avec un baquet de plastique à la main, plein de viande encore rouge et humide de sang. Il traversa la cour sous le soleil en pestant contre les mouches. Il poussa un hurlement pour annoncer sa venue et John qui se préparait une quatrième tasse de café sursauta. Georgia était sous la douche.

« Il y a quelqu'un ? » demanda Louis qui avait John en face de lui. Puis sans attendre de réponse il entra et déposa le baquet sur la table de la cuisine. Il remonta sa ceinture sur son ventre et, en désignant son fardeau de la main, il expliqua : « L'agneau que je vous avais promis. »

John se pencha en avant et contempla les côtes, les épaules, les gigots déjà découpés, amoncelés les uns sur les autres comme à la suite d'un massacre. Georgia sortit à ce moment-là de la salle de bains, toujours dans son peignoir et en s'essuyant les cheveux avec une serviette.

« Voilà la patronne ! Tenez, C'est l'agneau que je vous avais promis », répéta Louis.

Et John se tourna vers elle pour lui dire en anglais d'aller s'habiller.

« Vous voulez un café ? demanda-t-elle.

— Non, jamais. Mauvais pour le cœur.

— Un verre de vin ?

— Là, je dis pas non. »

Et John alla ouvrir une bouteille.

« Non, non, n'ouvrez pas une bouteille de vin vieux.

— C'est seulement du Bergerac 1997 », expliqua John, qui n'avait pas compris que n'importe quel jaja avec un bouchon et une étiquette imprimée était appelé « vin vieux » dans la région. John n'avait pas particulièrement envie de boire du Bergerac à onze heures du matin, mais il sentait bien qu'il fallait trinquer par politesse.

Georgia était revenue de la chambre, habillée légèrement, mais habillée quand même et elle s'assit à la table avec eux.

« Alors ? En vacances ? demanda Louis.

— Plus ou moins. Merci pour l'agneau.

— Oh, c'est rien. Je vous en amènerai d'autres, il y en a des agneaux. Et je vous amènerai du vin du pays, pas chimique, tout naturel. Mes parents en faisaient dans le temps.

— Ils vont bien ?

— C'est vous qui allez me le dire, moi je ne les vois pas souvent.

— Mais il faut, fit Georgia avec un sourire.

— Hé oui, mais qu'est-ce que vous voulez, avec ce que j'ai à faire. Là, j'étais en Espagne. Foire aux chevaux. Tenez, regardez ce que j'ai ramené. Ça va plaire au patron, ça », dit-il en se levant et en cherchant au fond de la poche de son gilet de cuir, un briquet qu'il exhiba en hurlant de rire.

C'était une figurine représentant une femme nue, à genoux et quand on allumait la flamme ses seins s'éclairaient tandis qu'une petite musique retentissait.

« Ha ! C'est pas joli ça, ha ! »

Et il riait encore, le ventre en avant. John souriait d'un air constipé et fut consterné de voir que Georgia riait elle aussi, sincèrement amusée d'entendre les éclats de rire tonitruants de ce type avec sa casquette.

« Ha ! ce qu'il est con, ce Louis », criait Louis en faisant fonctionner l'engin encore une fois. Puis il promit à John qu'il lui rapporterait le même briquet la prochaine fois qu'il irait en Espagne.

« Faut bien rire, reprit Louis. On n'est pas tous comme les Desjean.

— Les Desjean ?

— Ben oui, ceux qui avaient cette maison, là. Ils étaient chez mes parents quand on s'est vus. Le père et le fils. Ils font une jolie paire, ces deux là, des jolis geais, tiens. Toujours comme ça. »

Il fit une grimace qui rendait assez bien compte de la morosité permanente et de la méfiance mélancolique des deux hommes. C'était rafraîchissant de parler, de pouvoir dire à quelqu'un de nouveau qu'il les haïssait, lui et son fils, ou beau-fils, peu importe, ils étaient taillés dans le même bois. Il pouvait y aller, les Anglais l'écouteraient, eux, ce n'était pas comme les gens d'ici qui savaient déjà tout, à qui on n'avait pas besoin de répéter les vieilles histoires, même si là, il ne pouvait pas encore tout dire. Il était au moins possible de laisser entendre qui était Desjean. Puis il résuma en disant :

« Mais avec ceux là, méfiez-vous quand même. »

John et Georgia n'y prêtèrent pas vraiment attention.

Techniquement, on ne pouvait pas dire que Desjean avait tué sa première femme. Il ne l'avait pas étranglée, ni égorgée, ni abattue d'un coup de fusil.

Elle était la fille d'un gros fermier du nom de Planchard qui possédait des propriétés un peu partout, entre Saint-Saud, Saint-Pierre, Saint-Jory et Saint-Jean. Elle était fille unique, le père n'avait jamais pu avoir d'autres enfants, si bien qu'on s'était demandé parfois si la mère n'était pas allée voir ailleurs pour faire la petite. Elle était laide, mais ça, ça n'aurait pas été un problème avec tout l'argent qu'il y avait à ramasser. Comme disait Louis, « Là, y en a pour des sous. » Elle s'était entichée de Desjean qui avait été employé par son père comme intendant. Les parents Desjean étaient pauvres. Leur jeune fils était beau. Il n'avait pas tardé à séduire la fille Planchard, parce qu'il savait compter mieux qu'elle. Puis les parents étaient morts dans un accident de voiture qui tombait bien pour Desjean, si bien qu'avec les événements qui suivirent, on avait parlé. De Desjean et de la mécanique. C'était lui qui entretenait les véhicules, et c'était un défaut technique de la 404 qui avait causé leur mort, contre un platane, comme souvent à la campagne à cette époque.

Desjean s'était occupé de tout, de l'enterrement, des papiers, il avait expliqué à Michelle comment faire pour la succession, il était allé chez le notaire pendant qu'elle pleurait dans sa chambre dans la maison de maître où elle avait grandi. Il avait même été attentionné. Elle avait trente-cinq ans, une vieille fille, lui n'en avait que vingt-huit. Au bout de quelque temps, il avait quitté la petite ferme qu'il habitait et s'était installé dans une chambre de la maison. Ils avaient recommencé à coucher ensemble comme avant la mort des parents, mais ils continuaient à faire chambre à part. Six mois plus tard, ils s'étaient mariés. Personne n'était venu à la réception que ses parents à lui avaient donnée, et là, Michelle Planchard n'avait pas été traitée comme il faut. Sa belle-mère avait accumulé les remarques désagréables sur elle et ça avait fait rire son fils. Michelle n'avait rien dit, elle était restée comme saoule pendant tout le repas, même si elle n'avait pas bu une goutte d'alcool. Elle ne buvait pas.

Puis, de jour en jour, pendant trois ans, une période assez longue compte tenu des circonstances, elle avait vu son mari se transformer en monstre. Il savait depuis longtemps qu'elle était fragile. Elle restait des jours entiers sans le voir, il rentrait ivre de chez une maîtresse, plusieurs fois même, il l'avait battue. L'histoire était banale. Elle restait des heures, hébétée, devant le miroir, observait son visage, fixait son regard sur tel ou tel pli de la peau, comme fascinée par elle-même. Puis un jour, dans une crise, elle s'était défenestrée. Desjean n'était pas là, il avait eu un alibi puisque à ce moment-là il couchait avec une maîtresse qu'il n'avait jamais revue par la suite, qui avait témoigné pour lui à l'enquête et avait été généreusement récompensée. Elle était alors partie se faire construire une maison neuve dans le sud du département. Et lui, chaque jour, s'émerveillait de l'ampleur de sa fortune. C'était aussi pour cela que son frère aîné avait hérité de la maison des parents et l'avait vendue, les vieux voulaient en quelque sorte le consoler. Desjean aurait pu hausser les épaules comme beaucoup de ses voisins. Mais il n'avait jamais avalé ça. Et il avait été vexé que ses parents donnent la maison à ce gros con de frère plutôt qu'à un vrai paysan comme lui qui leur ressemblait. Il avait quand même récupéré la ferme de la veuve de l'Alsacien quand il l'avait épousée, après avoir vécu dans une chambre meublée d'un lit, d'une armoire, d'un coffre fort et d'un fusil de chasse, mais ça ne changeait rien à cette autre affaire.

C'était aussi tout cela que Louis avait voulu expliquer quand il avait dit : « Méfiez-vous quand même. »

Jean s'en voulait de s'être arrêté devant la maison de l'Anglaise. Il était pris d'une colère sourde envers lui-même, parce qu'il se mettait à soupçonner tout d'un coup qu'il ne valait pas mieux que son beau-père. C'était encore pire, parce que le chien en chasse, c'était lui, son beau-père traînait là uniquement parce qu'il était obsédé par cette maison. Du moins était-ce ainsi que Jean Desjean préférait voir les choses. Et puis personne n'était encore au courant de son secret, même si lui se l'avouait enfin ; il était amoureux de l'Anglaise.

Au moment où il arrêtait la voiture dans la cour et descendait en faisant claquer la portière, il aperçut Louis qui apparaissait entre les piles. Il ne manquait plus que lui pour achever de l'agacer. Il allait encore les abreuver de ses plaisanteries et gueuler pendant des heures. Il était même capable de lui parler de l'Anglaise.

« Ho !

— Salut Louis.

— On se fait payer l'apéro ? Ils sont là tes parents ? »

Il avait tout de suite senti qu'il n'était pas le bienvenu, mais il s'en foutait, ce n'était pas la première fois, de toute manière ils avaient bien besoin de lui pour vendre leurs vaches et leurs moutons à l'abattoir. Jean attendit que Louis arrive à sa hauteur et ils pénétrèrent dans la cuisine en même temps.

« Alors, gueula Louis en entrant, tu dis plus bonjour, connaud ?

— Qu'est-ce que tu racontes, couillon, va.

— T'étais sur la route de Saint-Jean, là, je t'ai fait signe, t'as même pas répondu, tu m'as pas vu passer dans la bétaillère ? »

Le vieux Desjean se sentit blêmir, et il éprouva pour le maquignon une haine meurtrière qui lui réchauffait les poumons. La vieille ne se retourna pas, elle restait à fixer le fond de la casserole et le contenu qui bouillonnait sur la cuisinière à bois, mais Jean Desjean vit son dos se raidir, il haussa à peine les sourcils et se demanda ce que foutait le vieux sur la route de Saint-Jean.

Pendant tout le mois de septembre, John et Georgia s'émerveillèrent de pouvoir encore s'asseoir dans le jardin. John prenait des notes pour la rédaction d'un troisième article, assis sous le tilleul à la table en teck qui avait coûté une fortune sous un parasol de toile blanche carré, comme on en voyait dans tous les magazines de décoration et toutes les résidences secondaires depuis quelques années. Il n'était que trois heures et il s'était quand même muni d'une bouteille de vin blanc pour trouver l'inspiration. Il songea qu'ils devraient peut-être faire un tour dans un village connu comme Coulonges-la-Rouge dont tout le monde parlait, et faire un papier pour les pages voyages de ce magazine dont la lecture l'ennuyait. Le premier verre de vin blanc ne lui souffla aucune idée mais le rafraîchit considérablement. Le deuxième le rafraîchit encore plus mais se révéla aussi peu profitable, professionnellement, que le premier. Le troisième le détendit dans un premier temps et le plongea dans une rêverie qui n'avait rien de journalistique. Il s'appuya au dossier de sa chaise pliante, du même bois exotique que la table et, avec un sourire, regarda le chien qui se roulait dans l'herbe en grognant. Il alluma une cigarette et admira les dessins que formait la fumée dans les rayons du soleil.

Georgia apparut au coin de la maison, et se dirigea vers lui, toujours de cette même démarche lente, dans sa jupe flottante et un débardeur qui laissait voir ses épaules, brunies et le haut de sa poitrine. Elle était pieds nus. Elle s'était peint les ongles des orteils d'un rouge presque violent qui se détachait sur l'herbe verte et chaude. Il en fut d'autant plus excité qu'il trouvait le vernis à ongles vulgaire, qu'il en éprouvait une certaine répulsion, surtout quand il était rouge et surtout sur les orteils. Une fois arrivé à sa hauteur, elle se pencha pour l'embrasser sur le front et il lui prit la taille.

« Tu bois ? » demanda-t-elle.

Il la relâcha immédiatement.

« Tu veux prendre un verre avec moi ?

— Non, il est trop tôt. Je veux travailler dans le jardin. Helen m'a appelée.

— Oui ?

— On est invités ce soir.

— Chez elle ?

— Non, chez un de ses amis peintres. Bill Eastbourne, tu sais…

— Oui, je sais, non merci. J'en ai marre.

— Marre de quoi ?

— Marre de ces soirées où tous les hommes viennent te tripoter.

— Qu'est-ce que tu racontes ?

— Tu sais très bien ce que je raconte. Bill Eastbourne, j'ai passé tout un dîner à côté de lui à m'emmerder, et lui avait passé son temps, avant, à tirer sur ton T-shirt pour te lorgner. »

Elle haussa les épaules, ce qui n'eut évidemment aucun effet et elle contre-attaqua avec plus d'agressivité.

« Tu es complètement fou. »

C'était à la fois faible par rapport à l'argument qu'elle aurait voulu trouver et une erreur, parce que lui-même, dans des moments de lucidité, craignait que sa jalousie l'entraîne à avoir des réactions proches de la folie.

« Non, je ne suis pas fou, c'est trop facile. Et je vais même te dire que tu aurais pu lui dire d'arrêter, au lieu de glousser parce qu'en fait ça devait te plaire. »

Elle prit un air outré.

« Quoi ?

— Tu sais très bien. Ils étaient tous là autour de toi, à te mettre du vin sur les seins et… »

Tandis qu'il décrivait la scène telle qu'il l'avait vue pour le bénéfice de Georgia, les images lui revenaient avec une clarté que le vin blanc accentuait encore et sa colère se nourrissait du désir qu'il avait éprouvé quelques instants auparavant quand il regardait ses pieds se poser sur l'herbe. Il serra le poing, chercha ses mots pour continuer, une parole blessante, précise, il ne trouva qu'une insulte :

« Tu avais l'air d'une pute.

— Comment oses-tu me parler comme ça ? Tu sais ce que tu es en train de devenir ? Un ivrogne, jaloux, obsédé, toujours à me surveiller. Tu crois que je ne te vois pas ? Toujours à tourner la tête vers moi, à regarder qui me parle, de quoi je parle, avec ton air constipé. »

C'était elle qui avait trouvé les remarques blessantes et relativement précises, sans même faire d'effort. Finalement John avait été inspiré par le vin, mais pas du tout comme il l'avait souhaité. Sans ces trois verres, une solution très simple se serait présentée à son esprit, il aurait accepté d'aller chez le vieil emmerdeur où il se serait assuré que Georgia aurait été assise entre Helen et Dave par exemple, ce qui était relativement sûr, puis en attendant de sortir il aurait passé le reste de l'après-midi avec Georgia dans la chambre à coucher, malgré les travaux qu'elle avait prévus dans le jardin.

Ce n'était évidemment pas la première scène de jalousie dont il se rendait coupable, mais cette fois tout était allé très vite. D'habitude, ils passaient par une phase d'observation faite essentiellement de petites perfidies. Là il en était venu tout de suite à l'insulte et au cri. Le plus agaçant c'était qu'elle était de mauvaise foi et qu'elle savait très bien qu'elle s'était fait tripoter par le vieux cochon. Georgia était repartie vers la maison. Et il n'avait même pas eu le temps de répondre à ses derniers reproches en partie justifiés. Tout ça c'était à cause du vin, et il s'en servit un quatrième verre.

En entrant dans la cuisine, Georgia poussa un soupir d'accablement, rejeta la tête en arrière comme si elle avait besoin de respirer plus profondément. Puis tout d'un coup, elle sursauta et étouffa un cri en portant ses mains devant sa bouche. Elle venait d'apercevoir une silhouette d'homme dans la cuisine, de dos dans une veste bleue. Il regardait autour de lui comme s'il cherchait un objet qu'il aurait perdu par terre ou sur la surface d'un des meubles. Il lui parut immense, il avait des épaules larges et carrées, et une grande main aux doigts puissants qui effleuraient le rebord de la table avec douceur, presque délicatesse. Il observait le motif des assiettes sur le vaisselier en pin, les mugs accrochés sous les étagères, comme s'il était dans un musée.

Il se retourna et, la voyant, lui adressa un sourire timide et rassurant. Elle reconnut alors le paysan taciturne qu'elle avait vu un jour chez madame Pauillac, puis elle se rappela que c'était le fils de cet homme qu'elle n'aimait pas.

« Excusez-moi, dit-il, je suis entré, la porte n'était pas fermée, j'ai appelé mais personne ne répondait, alors... alors, je suis entré.

— J'étais dans le jardin », répondit-elle, machinalement.

La peur qu'elle avait ressentie, la présence de cet homme, la colère après la scène que venait de faire John, tout l'empêchait de réfléchir.

« Vous êtes seule ? »

Elle trouva que c'était une étrange question, même si son attitude n'avait pour l'instant rien de menaçant. Elle ne répondit pas.

« Je viens de la part de Madame Pauillac, expliqua-t-il. À propos du bois, elle m'a dit qu'elle vous en avait parlé. »

En entendant le nom de sa voisine à la silhouette maternelle, elle commença à retrouver son calme et certaines sensations qui contribuaient à restaurer une atmosphère plus réelle : la fraîcheur des dalles de la cuisine sous ses pieds nus, un ou deux bruits qui parvenaient de l'extérieur, l'odeur de café qui flottait encore dans la pièce, et elle trouva enfin une parole banale qui acheva de replacer la scène dans le cadre d'une normalité presque parfaite :

« Vous voulez boire quelque chose ?

— Non, non je vous remercie, je viens en vitesse, je ne veux pas vous déranger. »

Cette fois elle eut même le temps de remarquer qu'il était effectivement grand et qu'il avait les épaules carrées, ce n'était pas une illusion due à la surprise. Il avait les traits réguliers, un visage énergique et « une profondeur dans le regard qui tempérait sa virilité », songea-t-elle en se remémorant sans doute une phrase sortie d'un roman sentimental.

« Vous ne me dérangez pas, vous êtes sûr que vous ne voulez rien prendre ? Il y a du café.

— Bon, puisque vous insistez. »

Puis il s'assit avec un geste un peu lourd. Il l'observa aller et venir dans la cuisine entre les tasses du vaisselier, la cafetière en porcelaine et le réfrigérateur d'où elle sortit le lait. Il remarqua alors seulement qu'elle était pieds nus. C'était pour ça qu'elle n'avait pas fait de bruit en entrant. Il vit aussi qu'elle avait du vernis rouge sur les ongles de ses orteils.

« C'est mon beau-père, qui m'a dit de venir vous voir. Monsieur Desjean. »

Elle remarqua qu'il appelait son beau-père « monsieur » et se demanda si c'était une habitude chez les paysans français.

« Il a pensé que vous voudriez acheter du bois pour cet hiver. Donc euh... si vous vouliez en acheter, comme nous on fait du bois, alors euh... »

Il se rendait compte qu'il répétait quinze fois la même chose et il se serait giflé.

« Ça coûte combien ?

— On ne vous a pas dit ?

— Non.

— C'est sept cents francs la brasse. Ou cent francs le stère. Selon ce dont vous aurez besoin. Je peux vous livrer quand vous voulez, parce qu'on a du bois qui sèche depuis deux ans maintenant. »

Il s'en voulait de faire l'article comme son beau-père, comme un vieux paysan, mais au moins ses bûches lui donnait un sujet de conversation.

« Il y a combien de bûches dans une brasse ? demanda-t-elle avec un accent qu'il trouva touchant (elle prononçait « bouche » en mettant les lèvres en avant).

— Ça, je ne peux pas vous dire exactement, fit-il en riant. Une brasse ça fait sept mètres cubes, des bûches de un mètre sur un tas de sept mètres de long et une stère un mètre cube, un mètre sur un mètre. »

Elle essaya de convertir tout ça en yards et y renonça rapidement.

« Il nous en faudra combien ? »

Il jeta un coup d'œil circulaire, s'attarda sur la cheminée de la cuisine, comme s'il allait trouver là la réponse.

« Commencez par une brasse, vous savez, ici, il fait froid l'hiver. »

John avait quitté sa chaise dans le jardin et se dirigeait vers la maison, ayant conclu qu'il regrettait ses paroles et qu'il irait demander pardon à Georgia, il était toujours possible qu'il ait droit à ces attendrissements qui font suite aux éclats. Quand il déboucha au coin de la maison, il vit Jean Desjean qui retournait vers sa 4L. Il s'arrêta, l'observa de trois quarts sans vraiment le reconnaître mais en ayant le temps de se faire la même remarque que Georgia quelques minutes auparavant. Il était beau.

Georgia était encore dans la cuisine.

« Qui c'était ? demanda-t-il.

— Le type qui va nous vendre du bois. »

Elle avait répondu sans le regarder et il comprenait à l'inflexion de sa voix qu'elle était toujours furieuse.

« Ah bon, et c'est cher ?

— Je ne sais pas, j'ai pas bien compris ce qu'il racontait.

— Pourquoi tu ne m'as pas appelé ?

— Tu étais dans le jardin.

— Euh… écoute, je suis désolé. Pour tout à l'heure. »

Elle ne répondit pas.

« Allons-y chez ce… euh (il allait dire vieux con) cet ami.

— Non.

— Pourquoi ?

— Parce que tu ne veux pas.

— Mais si.

— Non, je sais ce que tu penses. Que je vais faire la pute et que…

— Je te demande pardon. Je ne le pensais pas. »

(Il le pensait, elle le savait mais il n'avait qu'à en souffrir, c'était bien fait pour lui).

« Allons à ce dîner.

— Non.

— S'il te plaît, ça me ferait plaisir. »

Il fallait qu'elle attende encore un peu pour qu'il la supplie de faire quelque chose dont il n'avait pas envie et pour cela elle devait lui injecter quelques gouttes supplémentaires de culpabilité.

« Je ne veux pas y aller si je dois être la seule à m'amuser et que tu sois là à t'ennuyer. On fera ce que tu voudras.

— Non, s'il te plaît, allons-y, vraiment, vraiment ça me ferait plaisir.

— Tu m'as dit que non, que tu t'étais emmerdé avec Bill.

— Non. Je te le demande. Allons-y. S'il te plaît. »

Finalement, elle déclara :

« J'irai seule.

— Mais…

— Oh écoute, ça va comme ça, j'irai seule, je te dis. Je préfère. »

Il n'eut pas le courage de reprendre la scène après le semblant d'apaisement qu'ils avaient trouvé. Il resta chez lui, se saoula et ne l'entendit pas quand elle rentra, saoule, elle aussi.

« Qu'est-ce que tu foutais sur la route de Saint-Jean ? »

Ça recommençait, il était devenu l'esclave du gouya. À devoir rendre compte de chacun de ses mouvements, à regarder sans cesse par-dessus son épaule pour s'assurer qu'il n'était pas là à l'épier.

« C'est Marcellou qui m'a dit que la grange d'Héloïse avait des gouttières, je suis allé voir un peu ça. »

L'autre ne disait rien. Jean Desjean évaluait les

paroles du vieux pour voir quelle était la part de mensonge, mais il ne se douta pas une seule seconde que la vieille était la maîtresse de son beau-père. Le beau-père lui aussi réfléchissait à la réponse qu'il venait de trouver. Il n'aurait pas fallu mentionner Marcellou parce que le petit pourrait aller vérifier, en revanche il avait bien fait de coller à la vérité en disant qu'il était chez Héloïse et du même coup il amorçait son plan. Puis pour faire la paix en attendant de tuer Jean Desjean, le vieux lui proposa :

« On va boire un coup ?

— Et qu'est-ce que tu vas y faire au toit d'Héloïse ?

— C'est pas grand-chose, mais faudrait le réparer, ça goutte sur la grosse poutre. Et ça doit faire des années.

— C'est toi qui vas monter là-haut ?

— Et pourquoi pas ? »

Jean lui adressa un sourire moqueur. La petite merde. Il pourrait bien s'écraser comme une merde, celui-là, tiens.

« T'as rien volé chez Héloïse, au moins ? Elle était là quand t'es passé la voir ? »

Il continuait à se foutre de lui. Attends un peu voir.

« T'as fini, oui ? Tu ferais bien de rendre un peu service, toi aussi, ça te ferait pas de mal. T'as fini de soigner les vaches ?

— C'est fait. Et depuis longtemps.

— Et même tant mieux. On va boire un coup.

— Moi je rentre.

— Hé bé, fais comme tu voudras. »

Le vieux Desjean retourna à sa 4L en bordure du pré, enjamba le barbelé et se mit à pester parce qu'il venait d'accrocher son pantalon au fil. Sa vue avait baissé avec les années, il s'en plaignait assez, et il n'arrivait pas à voir l'expression sur le visage de Jean, mais il aurait parié qu'il était en train de rire, les mains sur les hanches, pendant que lui était là à marmonner des « saloperies à merde » et des « peuté » et des « saintes couilles ».

L'hiver arriva comme une surprise porteuse de nombreuses surprises qui parfois laissaient un goût désagréable. D'abord il se mit à faire froid et à pleuvoir souvent. Puis, sans jamais en parler, John se demanda ce qui s'était passé le soir où Georgia était allée seule chez Bill Eastbourne.

La pluie leur permit de se rendre compte qu'une partie du toit de leur grange était à refaire. John était de l'avis qu'on pouvait attendre, Georgia ne voulait pas prendre de risque. On décida d'économiser en attendant le printemps. Mais comme l'électricité était vétuste, ils décidèrent par précaution de moderniser toute l'installation.

L'hiver avait marqué une pause dans les activités de jardinage de Georgia, même si elle préparait le sol, comme elle disait. Toutefois, elle se lassa relativement rapidement de ramener au jardin des brouettes pleines de crottin de cheval, récupéré dans la grange de Louis avec la permission de celui-ci, même si, dans les premiers temps, elle trouva à cette activité une émouvante authenticité qui semblait venir tout droit de la terre, tandis que John essayait de plus en plus difficilement d'envoyer des articles en Angleterre sur des sujets qui intéressaient un nombre de lecteurs toujours plus restreint. Par amitié, on passait toujours ses articles, avec plus d'un soupir qui s'échappait dans la salle de rédaction, mais John et Georgia continuaient à dépenser plus d'argent qu'il n'en gagnait. D'autant qu'elle venait de découvrir avec les premiers frimas, les charmes de la décoration d'intérieur. John approuvait cette nouvelle passion, et ils achetèrent des fauteuils confortables, rembourrés, couverts d'étoffes sombres. John put ainsi jouer pour lui-même, secrètement sans en parler à Georgia, tout simplement en rêvant, le rôle du *laird* écossais qui mène une existence rugueuse et qui, le soir au coin du feu, un whisky des Highlands à la main et son chien allongé à ses pieds, se récompense d'une dure journée sur la lande à compter les moutons. Car ils faisaient désormais du feu dans la cheminée qui, par rapport à ce qu'on connaissait en Angleterre, était effectivement digne d'un château quelque part entre Perth et Skye.

Quand le bois était devenu nécessaire, il avait été livré par Jean. Ce jour-là, John était parti faire des courses. Quand il arriva sur son tracteur tirant la remorque, Jean trouva Georgia seule, dans le jardin. Elle avait entendu les crachotements du John Deere vert, sans y prêter vraiment attention, on entendait souvent passer des engins de toutes sortes qui crachaient, toussaient, s'étranglaient. Quand il l'aperçut après avoir sauté à terre et fait quelques pas pour contourner la maison, elle était pliée en deux à côté de la brouette, les jambes légèrement fléchies, on ne voyait que son derrière moulé dans un jean délavé. Il s'immobilisa et, les mains dans les poches, l'observa quelques secondes avec un sourire aux lèvres. Puis il s'approcha en faisant autant de bruit que possible, ce qui n'était pas facile, avec ses bottes en caoutchouc sur l'herbe épaisse et la terre molle. Il avait finalement dû dire « bonjour » en essayant de ne pas crier pour ne pas lui faire peur. Elle se retourna lentement. Elle avait une truelle à la main et portait des gants de jardinage un peu trop grands pour elle. D'un geste du poignet elle releva une mèche de cheveux et laissa une trace de terre noire en travers de son front. Puis, l'ayant reconnu, elle lui sourit.

« Je suis venu vous apporter le bois.

— Ah ?

— Il est dans la remorque. Vous voulez le mettre dans la grange ?

— Euh oui. »

Elle se reprochait d'avoir l'air aussi emprunté que lui, et elle ne comprenait pas elle-même pourquoi. Ou plutôt elle préférait ne pas le savoir, parce qu'elle continuait à le trouver beau et ne pouvait pas se le cacher.

« Je vais vous aider, dit-elle.

— Oh… c'est pas la peine, vous savez. »

Il espérait secrètement qu'elle insisterait. Il ne fut pas déçu.

La porte de la grange était étroite et elle dut lui tendre les bûches qu'elle prenait dans la remorque pour qu'il les entasse à l'intérieur. Deux fois leurs mains s'effleurèrent comme ils se livraient à cet exercice. Il lui adressa un sourire gêné.

Il chercha longtemps quelque chose à dire. Au début, il avait dit « merci » trois fois de suite quand elle lui tendait une bûche, et il avait vite compris qu'il ne pourrait pas la remercier cent cinquante fois pendant qu'ils déchargeraient toute une brasse. Quand il eut empilé deux stères dans la grange, il se décida à demander : « Vous faisiez du jardinage ? »

« Je préparais le potager.

— Il doit y avoir des cailloux, là-dedans.

— Beaucoup. »

Et à partir de ce moment-là, elle le bombarda de questions, demandant mille conseils sur le meilleur terreau, la meilleure variété de tomates à planter, la défense idéale à ériger contre les limaces. Il aurait été incapable de donner une réponse à certaines de ces questions, parce que le plus souvent elles concernaient des domaines exclusivement réservés à sa mère, mais il répondait quand même n'importe quoi sur un air d'autorité, et il voyait bien qu'il arrivait avec ses discours à lui inspirer une confiance mêlée d'admiration.

Elle lui proposa un verre quand ils eurent fini. Il refusa ; avec des Anglais c'était possible. Même s'il ne savait pas vraiment pourquoi il refusait.

Quand John rentra, il trouva dans la grange un empilement parfaitement rectangulaire de bûches. Il voulait savoir qui les avait livrées, il se contenta de demander quand.

— Cet après-midi, ça n'a pas été long. »

Encore une fois il eut la question qui le préoccupait sur le bout de la langue et il demanda :

« C'est payé ?

— Non pas encore.

— Ah ? Et quand est-ce qu'il faudra payer ?

— Quand on voudra. C'est pas pressé. »

Pourquoi n'utilisait-elle que des formes impersonnelles ? Au moins c'était l'hiver et elle était décemment habillée. « Décemment habillée ! » Il eut une seconde de lucidité pendant laquelle la formulation qu'il avait donnée à ses propres pensées lui parut ridicule. Et pour cette raison il s'obligea à être plaisant au cours de la demi-heure qui suivit et à oublier qu'un homme était venu livrer le bois qu'ils brûleraient tout l'hiver dans leur cheminée.

À la fin du mois d'octobre, John avait fait les comptes rapidement et était arrivé à une conclusion momentanément rassurante. Comme en novembre ils commençaient à trouver le temps long, ils étaient allés acheter toutes sortes d'objets qui ne leur plaisaient qu'à moitié et dont ils n'avaient pas besoin, une lampe avec un pied en fer forgé qui rappelait de loin une photo qu'avait vue Georgia dans un magazine d'intérieur. Ou parfois encore, ils allaient dans un des restaurants gastronomiques de la région et en ressortaient légèrement saouls après s'être répété toute la soirée qu'ils avaient fait le bon choix en quittant l'Angleterre et en venant s'installer en Dordogne, et ils s'énuméraient toutes les raisons pour lesquelles il ne fallait pas retourner à Londres. Ils avaient décidé de faire une promenade à Angoulême, avaient aimé l'architecture de la vieille ville, mais après deux heures d'errance dans les rues à moitié désertes entre sept heures et neuf heures du soir, en s'arrêtant de temps à autre dans un café triste, ils s'étaient mis d'accord tacitement pour ne pas recommencer l'expérience. Ils n'allaient pas à Bordeaux qui paraissait trop loin, car comme tout le paysage, comme leur voisine madame Pauillac, et comme la maison et le jardin, pendant l'hiver, ils s'étaient recroquevillés. Sans le savoir, entre deux expéditions dans une grande surface aux abords de Périgueux pour remplir leur réfrigérateur, ils attendaient le retour du printemps. Il plut tout le mois d'avril et l'humidité remplaça le froid ; le sol des bois commençait à ressembler à une éponge verte de moisissure et encore gorgée d'eau, le chien était tout le temps mouillé et on avait toutes les peines du monde à lui interdire de s'asseoir dans les nouveaux fauteuils qui, de toute manière, étaient devenus ternes à cause de la poussière et des cendres s'échappant de la cheminée chaque fois qu'on faisait un feu.

Alice arriva à la fin du mois et ouvrit sa maison en prévision de la venue de Lois, dans un premier temps, puis de Eunyce et d'Allan. C'était un signe annonciateur que les jours meilleurs se rapprochaient. Ils allèrent dîner chez Helen et Dave, la soirée fut très gaie, ils repartirent saouls mais la gueule de bois du lendemain ne fut pas sévère et ils ne subirent pas cette pesanteur froide et humide qui s'impose jusqu'à onze heures et demie, quand le ciel s'éclaircit enfin en restant gris, et avec laquelle ils s'étaient familiarisés entre décembre et mai. John emmena le chien en promenade, tôt le matin et remarqua que le soleil brillait malgré le vent frais et tonique qui lui fouettait les joues. Puis il fit les comptes : la situation frôlait la catastrophe. Il décida qu'il aurait recours à l'aide de ses parents pour la réparation du toit prévue en juin. On découvrit qu'une poutre de la charpente était pourrie, que les travaux dureraient plus longtemps et qu'ils coûteraient naturellement plus cher.

Les voisins avaient manifesté un intérêt particulier pour ces travaux, ils avaient spéculé sur leur coût et étaient venus discuter avec les ouvriers de ce qui se passait en des termes trop techniques et en parlant de toute façon trop vite pour que John puisse les comprendre. Il se tenait parfois entre deux autochtones, les mains sur les hanches, à regarder en l'air, en les imitant tandis qu'ils s'entretenaient de ses problèmes de charpente comme si lui n'était pas là. Puis comme il se mit à faire très chaud, pendant une semaine, il y eut sur le toit de la grange des hommes torses nus aux épaules blanches et aux avant-bras rouges qui allaient et venaient d'un pas agile sur les poutres en criant pour se parler et se faire passer des outils et en regardant d'en haut Georgia dans son jardin qui portait des tenues de plus en plus légères. John lui avait demandé de s'habiller le matin avant de descendre à la cuisine parce que le plus souvent les ouvriers étaient déjà là. Elle avait haussé les épaules et expliqué qu'il était ridicule de renoncer à ce rituel sans lequel elle ne pouvait même pas envisager le reste de la journée, elle continuait donc à boire sa première tasse thé, nue sous son peignoir, et à regarder par la fenêtre les travaux en cours, certaine qu'il n'y avait rien à craindre. John était sûr que ces ouvriers devaient parler entre eux de l'heure à laquelle « les Anglais » se levaient et ajouter quelques plaisanteries obscènes sur ce qu'ils faisaient au lit, ou plutôt sur ce que Georgia faisait au lit. Lui restait dans la chambre à coucher, à écouter les éclats de voix, les bruits des outils et parfois le moteur d'une camionnette, sans parvenir à apercevoir les ouvriers sur le toit. Quand ils s'arrêtaient pour déjeuner, Georgia allait leur proposer du café et ils acceptaient toujours.

Le deuxième été n'eut pas tout à fait le même goût que le premier, même si des événements et des occasions plus ou moins semblables à celles de l'année précédente se succédaient de semaine en semaine, quelques dîners, quelques beuveries, quelques journées paresseuses sous le soleil parfois trop chaud du Sud-Ouest et toujours des achats qui faisaient passer le temps, mais cette fois quand John accompagnait Georgia chez les antiquaires ou quand elle décidait d'acheter une caisse de vin pour un dîner où ils recevraient, il éprouvait une étrange sensation dans le ventre au moment de sortir sa carte de crédit ou de signer un chèque, il se grattait le menton, poussait un soupir, essayait de se représenter mentalement ce que cette dépense signifierait par rapport à la situation de leur compte et chaque jour l'inquiétude croissait, au bord du lac de Saint-Saud ou au restaurant à Saint-Pardoux avec Sue et Joshua.

Ils comprirent alors que presque tous les Anglais qu'ils connaissaient en Dordogne avaient des ennuis d'argent et que, financièrement au moins, le choix de l'exil avait été une erreur. Il existait bien sûr d'autres Anglais, des retraités, des gens riches, mais ceux-là ils ne les connaissaient pas et ne les fréquentaient pas. De plus ceux-là vivaient semblait-il dans la région de Ribérac ou de Sarlat, une autre population dans l'ensemble.

Enfin, ils se retrouvèrent à découvert, et la nouvelle les prit comme par surprise, arrivant d'Angleterre dans une de ces enveloppes immédiatement reconnaissables que leur envoyait la banque. Ce jour-là, la lumière changea ; il faisait beau, le ciel était d'un bleu sans tache, pas même un nuage blanc et duveteux au-dessus de sa tête, mais John vit dans l'éclairage aveuglant du soleil qui tombait sur la lettre de la banque entre ses mains des lueurs électriques, froides et grises. Il entra dans la cuisine à la recherche d'une cigarette mais ne trouva pas le paquet immédiatement. Georgia était dans le jardin. Il ouvrit des tiroirs où il savait qu'il ne trouverait pas ses cigarettes. Elle avait dû les emporter, peut-être était-elle en train d'enlever les mauvaises herbes dans son potager un peu désordonné, ou tout simplement allongée dans une chaise longue (achetée deux mois auparavant chez un brocanteur pour une somme exorbitante) au fond du jardin. Même en écrivant des articles toutes les semaines, ils n'arriveraient pas à s'en sortir. Il fit le tour de la maison en se demandant s'ils pourraient vendre quelque chose, un meuble, une antiquité, puis arriva très vite à la conclusion que tout ce qu'ils avaient acheté ne valait rien, des vieilles cochonneries dont personne ne voudrait, des bibelots ébréchés et des meubles en pin rapportés d'Angleterre, à peine de quoi remplir le réfrigérateur pour la semaine.

Georgia était assise sur un pliant et exécutait un pastel de la porte de la grange. Elle vit immédiatement à l'expression de John qu'une scène ou une crise allait suivre. Elle songea qu'il lui reprocherait sa façon de s'habiller ou d'avoir aguiché un homme au dernier dîner où ils étaient allés ensemble, puis elle vit le papier entre ses mains avant même d'avoir le temps de repenser à Bill Eastbourne.

« Il va falloir qu'on parle, Georgia. Je ne sais pas ce qu'on va faire. C'est la banque. On est à découvert.

— Comment ça se fait ? »

Il haussa les épaules, se passa la main dans les cheveux et leva les yeux au ciel.

« Qu'est-ce qu'on va faire ? demanda-t-elle.

— Justement, je ne sais pas. Il faut qu'on trouve une solution. »

Elle rangea soigneusement ses pastels dans sa boîte (une acquisition récente, il n'aurait jamais cru que ces petites craies puissent être aussi chères) et se dirigea vers la maison en lui demandant s'il voulait un café. Il restait dans le paquet une quinzaine de cigarettes qui partirent en fumée dans l'heure qui suivit.

« Il va falloir en racheter. À l'épicerie.

— Peut-être qu'on devrait fumer du tabac à rouler. »

Ils discutèrent toute la journée, pendant le déjeuner, pendant la promenade du chien, et toute la soirée en buvant trois bouteilles de vin rouge. Toutes sortes de solutions, plus fantastiques les unes que les autres se présentèrent à leur esprit. Toutes prenaient du temps et c'était *maintenant* qu'ils étaient à découvert. John songeait qu'il ne comprenait pas vraiment le rapport entre l'argent et le temps, comme ils n'avaient pas compris qu'en dépensant de petites sommes à longueur de temps, on en arrivait à une grosse somme.

Dans la semaine qui suivit, John se réveilla souvent en sueur après avoir fait un ou plusieurs mauvais rêves. Il se demandait ce qu'il faisait dans cette maison qui ne lui était pas encore tout à fait familière tant elle était éloignée du monde qu'il avait connu jusqu'alors et dans lequel il avait grandi ; il était dans un pays étranger, entouré de gens qui, au bout du compte, seraient indifférents à leurs problèmes. Dans son inquiétude, le matin à neuf heures, entre ses draps humides, il en arrivait à juger ses amis et ses voisins avec injustice. Il se disait que ce n'était pas très grave si les autres n'avaient pas d'argent, ils savaient vivre en s'en passant, mais lui comment allait-il faire, avec Georgia ? Puis il eut le sentiment que tout le monde était riche autour de lui, chaque fois qu'il voyait passer un tracteur il en évaluait le prix, il comptait les brebis et les vaches dans un pré et additionnait leur valeur. Il voyait des travaux de restauration entrepris par des gens qui en avaient les moyens. Il se rassura en songeant qu'on lui accorderait un découvert pendant au moins un mois, ce qui lui donnait le temps de trouver une solution. Un regard circulaire sur le paysage qui l'entourait lui apprit qu'il n'y avait là aucune solution.

Ils furent invités à dîner chez Sue Brimmington-Smythe et y rencontrèrent un avocat d'une quarantaine d'années qui avait beaucoup de charme et beaucoup d'argent. La soirée agaça John et il en revint très saoul. Le lendemain, il se mit à craindre que Georgia ne l'abandonne pour un autre homme, avec une situation, elle n'aurait pas été la première femme à quitter son mari ou son partenaire parce que celui-ci avait perdu son travail ou sa fortune (sa fortune !). Il repensa à Londres, à Holland Park, à Hampstead, sans même aller jusqu'à Kensington ou Chelsea. Toute cette concentration d'argent dans cette capitale, du pays qui était le leur et où il était facile de trouver de gros salaires.

Un autre soir, au bout de deux bouteilles cette fois, John et Georgia décidèrent que John partirait pour Londres pendant quelques jours, et qu'il prendrait contact avec des gens qu'il connaissait, des amis de l'université, des gens dans le journalisme et qu'il décrocherait un emploi. Peut-être qu'avec un fax et son e-mail, il parviendrait à trouver quelque chose à faire depuis la Dordogne, ce qui leur permettrait de vivre tout en préservant une certaine liberté.

Il fallut attendre la fin de l'été, que tout le monde revienne de vacances. John appela son banquier et d'une voix tremblante l'implora de lui accorder un découvert plus important jusqu'à la mi-septembre. Le banquier accepta et John et Georgia allèrent fêter la bonne nouvelle dans un restaurant particulièrement cher de Brantôme.

Le quinze septembre, Georgia déposa John à la gare de Thiviers. Il avait décidé de ne pas prendre le TGV à Angoulême par mesure d'économie et puis il ne voulait pas l'obliger à faire tout ce chemin en voiture. Il craignait aussi qu'elle ait un accident ou même une panne et qu'elle soit obligée de faire appel à un garagiste, seule sur la route et de le suivre dans un hangar qui sentait le métal et la graisse de moteur, tapissé de calendriers illustrés par des pin-up montrant leurs fesses et leurs seins.

Georgia rentra chez elle, la maison lui parut immense et plongée dans un silence oppressant. Dehors, il se mit à pleuvoir. Il faisait frais mais elle n'eut pas le courage de faire un feu. Finalement, elle décida d'aller se coucher. Il était encore tôt. Ses pas résonnaient sur les marches de l'escalier en bois. Elle se déshabilla et au moment de s'allonger entre les draps qui portaient encore l'odeur de John, elle entendit des éclats de voix et le bruit d'un tracteur sur le chemin qui traversait le hameau. Elle songea qu'elle aurait dû fermer la porte à clef, peut-être. Mais elle ne trouva pas la force de se relever.

Assis dans son compartiment dans le train, John

lisait un roman policier dans lequel le personnage principal avait le même prénom que l'ancien amant de Georgia, celui qui possédait une garçonnière. En conséquence il avait du mal à se concentrer sur l'histoire et le passé de Georgia lui revenait sans cesse à l'esprit, entre ces petites lettres qu'il avait sous les yeux et qui finissaient par ne plus rien vouloir dire. Il lui arrivait de relire la même phrase anodine quatre fois, sans vraiment en saisir le sens. Il se demanda si Georgia regrettait de vivre avec lui. Elle lui avait dit que cette liaison s'était achevée « d'un commun accord ». Quand une femme dit ça, songea-t-il, c'est qu'elle s'est fait abandonner, sinon, elle dit qu'elle a largué son amant. Elle devait avoir la nostalgie de cette époque, de cette garçonnière, c'était peut-être en raison du chagrin qu'elle avait éprouvé, qu'elle s'était laissée séduire par un homme comme lui. Il arriva dans sa lecture à une scène particulièrement violente qui parvint enfin à retenir son attention.

À son réveil, Georgia entendit un bruit sourd qu'elle n'identifia pas immédiatement comme un coup de feu. Puis à nouveau des détonations retentirent, et elle n'eut plus aucun doute. On chassait autour de la maison. Elle ne savait pas qui tirait sur quel gibier, elle essayait d'imaginer ces hommes en armes dans la campagne, qui parcouraient les bois et les prés. Pour se rassurer, elle appela le chien et se décida enfin à s'habiller. Les mouvements désordonnés de l'animal, ses jappements, ramenaient un semblant de vie et faisait reculer le silence. Elle décida qu'exceptionnellement, il dormirait dans la chambre en l'absence de John. Il y avait quelques heures à peine qu'il était parti et elle avait déjà le sentiment de commencer une nouvelle vie solitaire, sur les ruines de ce qu'avait été son existence précédente dont les objets qui l'entouraient n'étaient plus que des souvenirs morbides. Elle alluma la radio et des voix anglaises remplirent la cuisine pendant qu'elle se faisait un café.

On parlait de l'Angleterre et en buvant dans sa grosse tasse en porcelaine, souvenir du Devon, elle commença à retrouver ses esprits. La voix anglaise qui résonnait entre les murs de la cuisine couvrit le bruit de la dernière détonation. C'était le père Desjean qui avait tiré.

« Une faisane, dis donc. »

L'oiseau tomba tout droit et s'écrasa sur le sol avec un bruit sec. Le retriever revenait déjà en le tenant dans ses mâchoires.

« Mets ça dans ta gibecière, dit le père Desjean en se tournant vers son fils adoptif. »

Jean obtempéra, puis essuya sa main tachée de sang sur son pantalon de treillis.

« Pas sur le pantalon ! C'est dégueulasse. »

Jean poussa un soupir :

« Tiens, regarde, on la voit d'ici la maison.

— Quelle maison ?

— Tu sais très bien.

— Celle de mes parents où il y a les Anglais.

— Tu recommences avec ça.

— Oui je recommence.

— Tu as caché des louis d'or dans cette maison que tu la veux tellement ?

— Moi, j'ai grandi dans cette maison.

— Et moi dans celle de ma mère, que je la vendrais sans une larme.

— Couillon, va.

— Il vaut mieux partir dans l'autre sens, on n'a pas le droit de chasser près des habitations.

— T'occupe donc pas de ça. »

Jean s'éloignait à grands pas en retournant vers la lisière du bois.

« Attends-moi ! cria le vieux Desjean. Ho ! »

Il gueulait comme s'il parlait à ses bêtes. Jean plongea la main dans sa poche et sentit une cartouche sous ses doigts. Un petit tube de plastique blanc, une balle, qu'il aurait aussi bien pu laisser à la maison. C'était pour le chevreuil ou le sanglier. Le chien marchait derrière lui, attendait le vieux en haletant, il avait encore le goût de la mort sur la langue. Jean se mit à tourner la cartouche entre ses doigts, toujours au fond de la poche de sa veste.

« On va rentrer pour la soupe, dit le vieux. Hé, tu m'écoutes, à quoi tu penses ? La vieille a bien dû finir de préparer à manger.

— Tu as fini de l'appeler « la vieille ». C'est ma mère, tu comprends.

— Ho !

— Arrête de gueuler comme un con.

— Dis donc, comme tu me parles ! Je vais t'en passer un petit coup, moi, tu vas voir. Méfie-toi que tu feras plus le geai. Hein ? »

Puis cherchant bruyamment à entamer une

conversation avec ce jeune homme qu'il aimait décidément de moins en moins, il lui tapa sur l'épaule.

« Ho ! On va pas s'engueuler là, maintenant, quand même ! Alors. On va boire un coup. Pour une fois que tu viens à la chasse avec moi.

— Crie plus fort, ça va faire venir le gibier.

— Qu'il est con celui-là, allez viens ! »

Et il éclata d'un rire un peu forcé. Au bout d'une centaine de mètres, il demanda :

« Les Anglais dans la maison, là ?

— Oui.

— Ils ne t'ont pas commandé le bois cette année ?

— Pas encore. On n'est que début septembre. »

Jean se demanda si son beau-père n'avait pas voulu chasser là dans le but de leur faire peur avec les coups de fusil. S'il ne tenait qu'à lui, il vendrait toutes leurs baraques et partirait n'importe où.

« Faudrait peut-être que t'ailles la voir.

— Qui ? »

Il savait très bien.

« Ben l'Anglaise, con. Pour savoir si elle veut le bois. Et j'aimerais leur demander s'ils loueraient pas le pré derrière la maison au-delà de la grange pour mettre les brebis. Ou s'ils nous le prêtent, on leur donnera un agneau.

— Qu'est-ce que t'as besoin de ce pré maintenant ?

— Écoute ce que je te dis, répondit le vieux en trépignant presque sur l'herbe haute de la clairière. Ça me rendrait service, et le pré ils en font rien. J'irai les voir moi si toi, tu ne veux pas.

— Non, non j'irai moi, je vais m'en occuper si tu veux. »

« Ah quand même… », songea le vieux sans pouvoir s'empêcher de sourire, il savait bien que ce grand couillon aimait traîner là-bas chez l'Anglaise. Il hocha lentement la tête pour se féliciter lui-même. Il n'était pas difficile de comprendre que le Jean voulait l'empêcher d'aller là-bas, comme s'il cherchait à les protéger. Qu'il aille donc.

« Quand elle te commandera le bois, tu leur offriras quelque chose. Un gigot d'agneau. Ou mieux, tiens, la faisane que tu as là dans ta gibecière.

Jean accepta.

John passa une semaine à Londres chez Mark, un ami de collège. Celui qui lui avait commandé des articles s'était excusé, expliquant qu'il devait aller voir sa famille dans le Nord, près de Leeds et qu'il ne pourrait pas l'héberger. John préféra ne pas vérifier cette information d'autant plus qu'il obtint de cet ami, en contrepartie de sa trahison sans doute, trois rendez-vous importants la même semaine.

Le lendemain de son arrivée, il appela Georgia, ça ne répondait pas. Il songea qu'elle était peut-être dans le jardin. Il était cinq heures à Londres donc six heures en France, c'était un peu tard pour aller faire des courses, à moins qu'elle ne revienne du supermarché. Pourtant quand il était parti, à peine deux jours auparavant, il y avait de tout dans le réfrigérateur. Elle n'était quand même pas allée acheter encore des fleurs ou des outils de jardin. Peut-être était-elle chez une amie. Mais six heures c'était trop tôt pour le dîner, et on n'était pas allé, dans l'amour des traditions anglaises jusqu'à se faire des cérémonies du thé, en Dordogne. Du moins pas dans la société qu'ils fréquentaient. Il s'inquiéta, puis son ami l'emmena au pub. Après trois pintes de bière dans cet environnement parfaitement reconnaissable, depuis le décor jusqu'au bruit des voix qui résonnaient tout autour de lui, il oublia ses inquiétudes. Son ami lui donna les résultats du championnat de football. John ne s'y intéressait pas particulièrement, mais d'entendre des mots comme Arsenal, Manchester United, voire Sheffield Wednesday, Premier League et Pilkington Cup, il se retrouvait chez lui. C'était, après un an en France, comme de feuilleter un livre d'images de son enfance ou de regarder les photos d'un épisode idiot et heureux de son adolescence. Pour que la fête soit complète ils allèrent manger un curry. Ils parlèrent de Georgia parce que Mark, qui ne l'aimait pas même s'il la trouvait excitante, avait demandé de ses nouvelles à John. Ce dernier qui n'ignorait pas les sentiments semi-hostiles de son ami envers Georgia (il préférait, dans le but de préserver une amitié, ne pas songer à ce qu'elle pouvait lui inspirer d'un autre point de vue) passa en vitesse sur leur bonheur conjugal et s'étendit sur les charmes de la vie en France. Ils en étaient à leur sixième pinte de bière et il faisait très chaud dans ce restaurant. Ses propres paroles lui évoquaient Georgia seule dans leur maison au milieu de la campagne française, Georgia qui, un peu plus tôt, ne répondait pas au téléphone.

Georgia qui était sans doute partie à une de ces soirées anglaises de Dordogne, chez Sue, chez Helen, Georgia qui buvait trop et riait trop aux plaisanteries qu'un jeune homme riche et bien élevé en visite ou un peintre concupiscent lui murmurait à l'oreille. Des plaisanteries d'un goût douteux, forcément ambiguës, appuyées par des regards obscènes. Peut-être une main qui se promène.

« Tu ne te sens pas bien ? »

C'était comme si on venait de le réveiller avec un seau d'eau froide. Il était resté muet depuis... depuis combien de temps ? Trente secondes, une minute ? Trois minutes ? Il aurait été incapable de le dire. Et il se rendit compte qu'il était immobile, tenant sa fourchette pleine de riz à trois centimètres au-dessus de son assiette, à regarder dans le vague.

« Si, si, ça va. C'est juste que j'ai trop chaud.

— Tu n'as plus l'habitude des plats épicés depuis que tu manges de la grande cuisine française tous les jours ? »

Et il éclata de rire, mais John ne trouva pas ça particulièrement drôle.

Georgia était effectivement dans le jardin quand John avait appelé, à remarquer que les jours diminuaient, à craindre de passer les longues heures d'hiver seule dans sa maison. Elle fut tentée d'appeler Helen, mais elle craignait de la déranger. Elle ne put s'empêcher de sourire en s'apercevant qu'elle venait de réagir comme une vieille fille ou une veuve qui ne veut pas s'imposer aux couples en se présentant chez eux sans être accompagnée. Et puis elle n'avait pas la force de les inviter à dîner, de faire la cuisine. Sans parler du coût. C'eût été indécent d'aller acheter du vin pendant que John était allé à Londres et déployait des efforts considérables pour trouver un emploi. Elle songea un bref instant qu'elle aurait bien aimé être à Londres elle aussi, et elle regretta de ne pas avoir insisté pour partir avec lui. Elle envisagea d'aller rendre visite aux Pauillac et d'acheter des œufs, maigre consolation par rapport à ce qu'elle se serait offert dans les magasins de King's Road ou Covent Garden. De toutes manières les magasins… Elle se demanda alors comment elle pourrait gagner de l'argent, elle aussi. Elle décida qu'elle ferait des robes et des jupes sur mesure ou des rideaux pour les Anglais qui en avaient besoin dans leurs nouvelles maisons. Elle monta au grenier pour chercher sa machine à coudre enveloppée de toiles d'araignées et une malle en métal contenant des coupons de tissu qu'elle n'avait pas voulu abandonner en Angleterre ; elle avait maintenant la preuve qu'elle avait bien fait.

Elle alluma la radio et écouta Radio 4 complètement noyée par les bruits de la machine. Parfois une voix indignée s'élevait pour prononcer une phrase dont elle ne parvenait pas à entendre la fin et dont elle avait raté le début. Finalement, elle décida d'éteindre, pensant que cet écho de l'Angleterre lui donnait mal à la tête. Puis elle entendit un autre écho, plus proche, régulier, une sorte de répétition en miniature du bruit de la machine. Elle crut qu'une vis s'était relâchée, mais même quand elle soulevait son pied de la pédale, le bruit continuait et elle en déduisit qu'il venait d'ailleurs. Comme c'était tout petit, elle décida de ne pas chercher d'où il provenait.

Ce n'est que le lendemain qu'elle comprit, en entrant dans la cave et en voyant que des noix avaient été déplacées. Une souris qui rongeait les coquilles. Et à partir de ce moment-là, Georgia retrouva tous les soirs cet animal qui travaillait au même rythme qu'elle, mais qu'elle ne voyait jamais. Le quatrième soir, elle s'était presque inquiétée en n'entendant rien et s'était amusée de son propre soulagement lorsqu'elle perçut la musique régulière et frénétique que produisaient ces dents minuscules dans le noir, pendant que les robes et les jupes s'empilaient sur la chaise à côté d'elle, sans qu'elle s'arrête jamais pour se demander ce qu'elle en ferait.

John avait obtenu quatre rendez-vous au cours de sa semaine à Londres. Il en résultait qu'il travaillerait comme *scout* pour un agent immobilier anglais qui cherchait des propriétés « outre-mer » comme il disait. John devait se charger de repérer des maisons, faire des photos, venir décrire le lieu aux clients et vanter les charmes des masures et des châteaux qu'il pourrait trouver. Le seul problème était qu'il devait passer au moins trois jours à Londres tous les quinze jours. Le deuxième, qu'il était payé à la commission, mais il parvint à se faire verser une avance, grâce à laquelle il acheta un chemisier en soie pour Georgia chez Harvey Nicholls, sans être sûr d'avoir pris la bonne taille et en ayant oublié au bout d'une semaine à Londres qu'on ne portait pas ce genre de vêtements en Dordogne.

Il rentra le dimanche. Après le changement de train à Limoges, sur le parcours jusqu'à Thiviers, il fut surpris par la pesanteur de la campagne d'une part et par le fait qu'il en reconnaissait de nombreux détails d'autre part, comme si ce paysage vert était devenu le sien, comme s'il appartenait à l'endroit, aussi incroyable que cette pensée ait pu lui paraître, et peut-être était-ce là l'origine de la mélancolie qui l'affligeait même s'il allait retrouver Georgia. Le séjour à Londres devenait un souvenir irréel, une succession de saynètes qu'il aurait pu rêver, l'hiver en Dordogne allait reprendre ses droits sur lui. Ce qu'il ne savait pas encore c'est qu'il éprouverait ce sentiment dans un sens comme dans l'autre au cours de ses allées et venues entre Londres et Thiviers, tous les quinze jours, et que la maison où l'attendait sa femme dans le Sud-Ouest de la France lui apparaîtrait depuis les bords de la Tamise et dès qu'il entrerait dans l'immense banlieue sud de Londres comme aussi peu consistante qu'une illustration dans un livre pour enfants. Il allait passer d'une vie à l'autre, parfaitement incompatibles entre elles, en se demandant chaque fois pourquoi il en abandonnait une pour rejoindre l'autre, en une journée de train.

Arrivant de Londres, il fut d'abord surpris par le calme de Georgia assise avec nonchalance dans le fauteuil au coin de la cheminée. Lui était remonté comme un jouet mécanique, sous l'effet de ces quelques jours dans une grande capitale. Il parlait vite, buvait encore plus vite et se trouvait mal à l'aise dans son costume, comme s'il risquait de se salir, au milieu de cette pièce qui sentait le feu de bois. Se rappelant au bout de quelques heures qu'il devait aussi lui demander ce qu'elle avait fait de sa semaine, ne serait-ce que pour se donner l'apparence de la sollicitude, il fut stupéfait quand elle déplia devant lui une bonne douzaine de jupes et de robes.

Inspiré par ce spectacle, il déplia devant elle le chemisier qu'il lui avait acheté et elle eut toutes les peines du monde à cacher sa déception. Le chemisier était hideux. Pour lui faire plaisir, elle l'essaya. C'était trop tard. Et puis, il était trop petit. Il en fut blessé, bouda quelques instants, jusqu'à ce qu'elle suggère d'aller fêter toutes ces bonnes nouvelles dans un restaurant très cher. Au cours du dîner, il lui demanda si elle avait vu des gens en son absence, craignant d'entendre qu'elle avait rencontré des hommes. Elle répondit « Non personne » et passa à un autre sujet.

Au cours de la semaine qui suivit, John se rendit compte que son départ de Londres n'avait pas modifié la vie en Dordogne. Ils allèrent dîner chez Helen, et chez Sue Brimmington-Smythe, comme d'habitude, comme l'année précédente, et de plus en plus, ces réunions lui faisaient le même effet que le paysage entre Limoges et Thiviers. C'était là un monde auquel il appartenait désormais et dans lequel il se reconnaissait, avec même parfois ce léger sentiment d'étouffement qu'on éprouve en famille. Ils devaient l'éprouver eux aussi, parce qu'on l'enviait de pouvoir s'échapper de temps à autre. Il fut légèrement satisfait d'entendre des plaisanteries sur la vie trépidante des grandes villes qui auraient pu donner à Georgia, cette fois, des raisons d'être jalouse.

Lorsque John prit le train pour la deuxième fois, à Thiviers, dans son costume et sa cravate, Georgia ne retourna pas chez elle pour se coucher. Elle emmena le chien et décida de faire une longue promenade à travers les bois.

Le père Desjean l'observa tandis qu'elle s'éloignait du hameau, descendait la colline sous la voûte de feuilles jaunies par l'automne, qui obscurcissait le chemin. Elle ne l'avait pas vu. Elle marchait d'un pas plutôt alerte, en appelant parfois le nom du chien qui courait devant elle, un nom anglais qu'il aurait été incapable de répéter.

Au bout de quelques secondes, il s'approcha de la maison. Il y avait un portail en fer du temps de ses parents. Et sa mère ne plantait que des géraniums. Il y avait des machines agricoles aussi, des tracteurs, des faucheuses. Ils se servaient de l'ancien poulailler pour y mettre leurs poubelles, et le lierre grimpait sur le toit de la deuxième grange mitoyenne de celle du voisin. Il ne put s'empêcher de sourire. Attends un peu qu'ils soient obligés de recouvrir cette grange aussi. Ils verront ce que ça va leur coûter. Il y en avait beaucoup qui venaient là et qui ne tenaient pas le coup, qui s'imaginaient que c'était facile. Mais ces gens, ces deux Anglais, lui étaient si étranges qu'il arrivait à peine à imaginer ce qu'ils faisaient pour gagner leur vie et quels étaient leurs revenus. Le toit de l'autre grange, ils l'avaient bien fait refaire après tout, et pas n'importe comment. Il ne savait pas si l'aspect négligé du jardin était un choix de leur part ou de la paresse, ou de l'ignorance, ou de la pauvreté. La voiture n'était pas neuve. Avec son volant du mauvais côté comme dans un mauvais rêve, qui lui confirmait que chez ces gens-là le monde était à l'envers. Il passa entre les piles de pierres et remarqua que la porte vitrée de la cuisine bâillait. Du temps de sa mère il y avait des rideaux à carreaux rouge et blanc sur ces vitres. Dans le coin de la cour où poussaient des fleurs qu'il n'aurait pas su nommer, on égorgeait le cochon, une fois par an et on recueillait des baquets de sang qui éclaboussaient les habits et formaient des rigoles dans la poussière. Puis sa mère, encore, faisait du boudin dans la cuisine sur une grande planche qui prenait des reflets rouges. Il fit quelques pas jusqu'à la porte de la grange. Il aperçut des amas de sacs en plastique des meubles d'aspect moderne qui vieillissaient plus vite encore que les autres, les couleurs avaient fané, s'étaient écaillées, toute une partie de leur vie dont ils n'avaient déjà plus besoin et qu'ils avaient emmenée avec eux d'un pays qu'il ne visiterait jamais et qu'il n'avait pas non plus envie de connaître. Il n'y avait pas un bruit dans la cour ni dans la maison tandis que le passé et le présent de ce décor se superposaient comme deux diapositives devant les yeux du vieux Desjean. Il vit sa mère qui traversait la cour pour apporter à manger aux lapins. Il se retrouva devant la porte de la cuisine, et sans même se demander si le mari était là, il poussa le battant avec une timidité qui lui rappela qu'il n'était plus chez lui. Il prit le spectacle qui s'offrit à lui comme une claque. Rien dans cette cuisine ne pouvait lui rappeler qu'il était né et qu'il avait grandi là. Tous les meubles étaient en bois blanc. Sur le vaisselier en pin, les verres avaient des formes et les assiettes des couleurs qu'il ne connaissait pas. Il remarqua qu'ils mangeaient du pain de mie en tranches et regarda les boîtes de céréales posées les unes à côté des autres sur une étagère. La grosse tasse contenait encore un reste de thé au lait. Les chaises avaient des sièges et des dossiers en bois, quelques cartes postales étaient accrochées sur un panneau de bois avec des épingles, des églises avec des tours carrées, une cathédrale en ruine au bord de la mer et des vues de pays exotiques sous un ciel bleu avec parfois des légendes en anglais. Comme pour se rassurer, il passa dans ce qu'ils appelaient la grande pièce dans son enfance, et là, il retrouva l'image de sa mère, assise dans la cheminée sur un petit banc de bois qu'avait confectionné son père, elle regardait, courbée en deux, les faitouts en fonte qui chauffaient sur la braise. Il en avait les larmes aux yeux, la vision était si présente que tout d'un coup c'était comme si sa mère était à mi-chemin entre la vie et la mort, à la limite d'un monde palpable, fait d'odeurs anciennes et de bruits. Il hésitait à se retourner pour se trouver face aux tableaux sur les murs, aux fauteuils avec leurs épais coussins qui auraient dissipé cette image. Mais la couleur d'une des toiles attira son regard. C'était un nu. L'épaisseur des coussins sur les fauteuils lui fit penser que c'était bien par paresse qu'ils n'entretenaient pas le jardin et les bâtiments comme il faut. Puis il remarqua une tache blanche sur une chaise, un soutien-gorge qui traînait là. Alors le souvenir de sa mère fit place à celui de l'Anglaise, penchée en avant, qui retenait son chien, comme la première fois qu'il l'avait vue, l'Anglaise qui traversait le bourg de sa démarche lente et déhanchée en portant du pain, l'Anglaise qui s'enfonçait toute seule dans la forêt pour promener son chien. Il songea à monter dans les chambres. Mais à ce moment-là, le téléphone sonna.

John était à Londres depuis deux jours. Il avait appelé Georgia trois fois à des heures différentes de la journée et toujours, était tombé sur le répondeur. Chaque fois, il pouvait trouver une explication à son absence. Il hésitait encore à appeler tard dans la nuit, ou même après onze heures et demie. Il craignait sans vraiment pouvoir se l'avouer de ne pas la trouver, là encore, et d'en perdre le sommeil, d'être en proie toute la nuit à des pensées atroces. Il se serait énuméré les amants possibles, les lieux de la trahison présumée de Georgia, puis des images plus insoutenables encore que son esprit pourrait à peine esquisser mais qui reviendraient sans cesse, variées et obscènes, parfois presque excitantes.

Il décida d'appeler le soir même à onze heures en se disant que si elle n'était pas à la maison à cette heure-là, elle était peut-être invitée à dîner chez une de ses amies. Car quand il était à Londres, il considérait Sue et Helen comme les amies de Georgia, susceptibles de former avec sa femme une alliance dont il serait exclu, de nouer des complicités à ses dépens, de garder les secrets de sa femme si la situation l'exigeait.

Georgia qui était à la maison n'entendit pas la sonnerie du téléphone, couverte par les bruits de la machine à coudre et de Radio 4 qui se répondaient.

« Qu'est-ce que tu as fait ? Tu as volé quelque chose ? »

Le vieux Desjean devint blême.

« Tu crois que je ne t'ai pas vu ? » demanda Jean avec un sourire en coin.

Cette fois il tenait le vieux. Il allait pouvoir l'emmerder pendant un moment.

« De quoi tu parles ? Tu me traites de voleur maintenant ? T'es pas un peu fou dis donc. Tu veux que je t'en mette un coup, moi ?

— Allez, ça va. Puisque je t'ai dit que je t'ai vu. »

Le vieux Desjean se demanda ce que le morveux avait vu. Il n'avait pas menti quand il avait dit qu'il ne savait pas de quoi parlait le *gouya*. Il énuméra mentalement tous les méfaits qu'on pouvait lui reprocher, comme les vieilles brebis presque galeuses qu'il avait revendues à un prix exorbitant après les avoir achetées pour rien, mais ça c'était le commerce. Et puis Jean n'était même pas là quand il avait conclu cette affaire.

« Alors qu'est-ce que tu as pris ?

— Tu vas voir ce que tu vas prendre toi, nom de Dieu.

— Puisque je te dis que je t'ai vu. »

Il n'y tint plus et contre les conseils que lui intimait la prudence, il cria :

« Qu'est-ce que t'as vu encore ?

— Je t'ai vu sortir de chez les Anglais. »

Cette fois, le parâtre devint tout rouge. Il hésita un instant, se tourna sur le côté comme s'il cherchait quelque chose avant de répondre en criant toujours :

« Pauvre couillon ! Et alors ? Je leur ai fait payer le coup. Et alors, et après.

— Ils n'étaient pas là.

— Qu'est-ce que t'en sais, toi ?

— J'ai vu l'Anglaise qui promenait son chien dans les bois.

— C'est avec son mari que j'étais.

— Son mari n'est pas là. »

Le vieux Desjean n'arrivait pas à y croire, il était à se justifier, à se défendre devant le petit con, comme s'il était chez les gendarmes. Il n'avait rien fait de mal quand même… Le pire c'était que le petit allait peut-être en parler à sa mère, et qu'elle ferait la gueule pendant des semaines, en se demandant pourquoi il entrait chez les gens et ce que ça ferait de leur réputation. Et peut-être pas. Il était bien capable de ne rien dire, mais de faire peser ce secret comme une menace, comme un instrument de chantage permanent. Et à le regarder avec son sourire en coin, presque une grimace, on ne parvenait pas à deviner ses intentions. Ce n'était pas la première fois que le père Desjean songeait qu'il aurait pu tuer « le fils de la vieille ». Il sentait le sang battre dans ses tempes, il l'imaginait geignant sous un tracteur ou abattu par erreur d'une décharge de chevrotine dans le dos et avec l'aide du Ciel écrasé contre un platane sur le bord de la route, il en connaissait quelques-uns des platanes qui auraient fait l'affaire. En observant l'éclat dans les prunelles minuscules de son beau-père, Jean songea qu'il allait le pousser à bout sans trop de difficulté et que si le vieux se montrait violent, cette fois, il se défendrait, il lui mettrait une raclée, là au milieu du champ à côté du tracteur.

« Alors qu'est-ce que tu as pris ? Tu cherchais leurs économies ? Des gens comme ça, ça n'en a pas.

— Arrête tes conneries. »

Le sourire de Jean se transforma et prit une nuance de cruauté inspirée par une jalousie qu'il comprenait mal lui-même.

« Tu voulais aller offrir des fleurs à l'Anglaise peut-être ?

— Connaud. Tu arrêtes tes conneries, oui ? Tu vas m'emmerder longtemps comme ça ? Tu crois qu'on n'a pas de travail.

— C'est du joli, d'entrer chez les gens quand ils sont pas là. Comme un bohémien.

— Oh tu veux… »

Il leva une main puis soudain sentit un objet dur qui lui heurtait le visage. Il n'avait pas vu venir le coup. Il trébuchait, le ciel tourbillonna au-dessus de sa tête, puis vint rejoindre la terre au moment où il tombait en se tordant l'épaule. Il avait très chaud à la joue, il y porta la main, et la chaleur se transforma rapidement en une douleur qui se mêlait indistinctement à sa colère. Il en aurait pleuré de rage. Et Jean qui le regardait adossé au tracteur, les mains dans les poches, toujours avec le même sourire comme gravé sur le visage. Il avait du mal à se relever. Et pour s'aider il se mit à gueuler de nouveau.

« Tu vas voir. Tu vas voir aussi ce qu'elle va dire, ta mère. Méfie-toi.

— Elle ne va rien dire du tout. Parce que si tu commences à pleurnicher, je vais lui expliquer que tu visites les maisons, moi.

Le vieux était à genoux au milieu du champ, et Jean voyait à son expression et à son impuissance que pour la première fois de sa vie, il était en mesure de l'insulter en face, de le traiter de tous les noms, de l'humilier. Et il le fit.

« Je t'ai appelée trois fois, ça n'a pas répondu. Tu étais où ?

— Je ne sais pas.

— Comment tu ne sais pas ?

— J'étais peut-être sortie faire des courses, ou dans le jardin, ou je promenais le chien.

— Tu promènes le chien ?

— Évidemment.

— Dans les bois ? En pleine période de chasse ? Tu es complètement folle. Tu as entendu parler des accidents quand même.

— En semaine, ils ne chassent que le mercredi.

— Même… C'est dangereux.

— Mais non.

— En plus ils sont complètement bourrés quand ils chassent, dès dix heures du matin. »

John n'arrivait pas à comprendre que les chasseurs et leurs voisins, qu'il connaissait et saluait chaque fois qu'il les croisait, étaient les mêmes personnes, les mêmes pères de famille, les mêmes agriculteurs qui plaisantaient au bar et avaient fini par l'accepter comme ils avaient accepté tous les Anglais de la région. Il les imaginait comme une armée (d'ailleurs ils étaient souvent en treillis) parcourant la campagne ivres de sang, de mort et de vin, susceptibles de violer toute femme qui s'aventurait dans un sous-bois en lui soufflant au visage leur haleine aillée. Car l'accident de chasse qu'il craignait le plus était celui-là.

« Et puis il faut bien promener le chien. »

Elle était capable de lutter pied à pied dans une conversation, le plus souvent avec des arguments simples et inattaquables jusqu'à ce qu'il n'ait plus d'autre choix que de se réfugier dans la bouderie.

C'était au petit déjeuner, le lendemain de l'arrivée de John. Elle était allée le chercher à Thiviers au train de dix heures moins le quart. Ils avaient parlé de choses et d'autres, et John avait déployé des efforts considérables pour ne pas mentionner immédiatement ses appels restés sans réponse. Elle avait dit qu'elle était fatiguée. Et était allée se coucher très tôt. Il l'avait suivie dans la chambre et elle lui avait expliqué qu'elle avait envie de dormir, puis elle lui avait tourné le dos. John n'avait pas sommeil, il était redescendu au salon en caleçon, avec son T-shirt trop grand, puis il s'était assis devant la cheminée où le feu s'éteignait progressivement, et il avait bu du whisky en se demandant pourquoi elle était aussi froide le soir de son retour, après une longue séparation ; toutes les explications qui se présentèrent avec chaque gorgée de whisky lui parurent déplaisantes. Il songea à dormir dans le fauteuil pour lui signifier sa déception, voire sa colère, quand elle trouverait sa moitié du lit désertée le lendemain matin. Mais comme c'était trop inconfortable, il monta finalement dans la chambre d'un pas hésitant en faisant attention à ne pas la réveiller.

« Et pourquoi est-ce que tu ne m'appelles jamais à Londres ? Chez Jonathan.

— C'est cher les appels internationaux.

— Oui, bon, mais de temps en temps pour qu'on puisse se parler.

— Si tu veux, je t'appellerai la prochaine fois. »

Elle se leva, s'approcha de lui et l'embrassa sur l'oreille coupant court de cette façon aux récriminations.

« Hé, Louis !

— Hé, le Marcellou !

— Alors ça va ?

— Ben comme tu vois. Tu payes l'apéro ?

— Allez, qu'est-ce que tu prends ?

— Un Ricassou.

— Tu nous sers ça, Michel. Deux Ricassou. Alors d'où tu viens ?

— J'étais chez ma mère, té, je lui ai fait payer l'apéro. »

L'autre dodelina de la tête sans rien dire, l'air de penser que s'il avait su, il aurait fait payer Louis. Ce dernier était encore sobre, il n'était que onze heures et demie et il n'avait bu que trois verres, puisque ce n'était pas jour de marché, à Thiviers, à Saint-Yriex ou ailleurs.

Ils se mirent à rire.

« Tu sais pas ce que j'ai vu, té.

— Qu'est-ce que t'as vu ?

— Ah…

— Tu as rien vu du tout toi, c'est encore de tes histoires.

— Bé si tu veux pas que je te dise…

— Encore tes conneries.

— Mes conneries, oui, c'est ça. »

Il commençait à s'inquiéter de l'indifférence de Louis, car même si son incrédulité n'était pas tout à fait convaincante et si le jeu auquel ils se livraient tous deux, de l'attente et du doute, était plutôt évident, il aurait suffi qu'un autre client entre à ce moment-là pour que son histoire passe à la trappe. Et s'il était prêt à divulguer ce qu'il avait vu à Louis, qui constituait une exceptionnelle caisse de résonnance, il n'était pas prêt non plus à le rapporter devant toute une salle de café. Le patron, le chiffon sur l'épaule, faisait semblant de regarder à l'extérieur pour voir si une voiture ne s'arrêterait pas à la pompe à essence, car il était aussi le pompiste.

De l'autre côté de la rue, un groupe d'hommes s'était assemblé, trois bérets basques et trois vestes bleues qui dessinaient un triangle. Les petites plate-formes noires que formaient les bérets s'agitaient avec lenteur tandis qu'on déplorait sûrement un coup de la fatalité, comme la pluie ou le soleil, ou la prolifération des sangliers qui faisaient des dégâts dans le maïs. L'un de ces trois hommes pouvait à tout moment traverser la rue, et entrer en saluant bruyamment. Pour peu que ce soit le vieux Thomas, Marcellou devrait renoncer à son histoire. Alors il se tourna tout d'un coup vers Louis, et fronçant le sourcil, déclara : « J'ai vu le Jean Desjean qui en foutait un petit coup au vieux.

— Qu'est-ce que tu dis ?

— Hé bé, que j'étais au Combeau, dans les bois, j'arrivais au bout du chemin, et au milieu du pré, là-bas, j'ai vu le gouyassou qui foutait une rouste au père Desjean.

— Ho !

— Ah mais ça par hasard, puisque je te le dis. »

Même le patron du café n'était pas arrivé à garder son flegme, il avait tourné la tête vers le Marcellou et avait haussé les sourcils.

« Comment ça ?

— Mais il lui a foutu un coup de poing, dis donc. Et le gouyassou qui rigolait. Il se moquait de lui ma parole.

— Qu'est-ce qu'ils disaient ?

— Je les ai pas entendus. J'étais trop loin. Ils étaient en bas du Combeau. »

Louis se tut quelques instants pour réfléchir à cette dernière information. Après la surprise, ce fut un certain plaisir qu'il éprouva, marqué par un léger sourire suivi d'un « ha ! » retentissant et d'une grande tape sur l'épaule de Marcellou, il cherchait ce qui avait pu faire éclater cette crise. Les deux hommes se haïssaient, c'était évident. Mais pour qu'ils en arrivent aux coups, c'était une autre affaire. Il était plus que probable que l'un ait appris quelque chose sur l'autre, ou que le vieux ait voulu pousser le gouya à faire quelque chose qu'il ne voulait pas. On racontait des tas d'histoires sur le vieux. Louis en avait colporté lui-même quelques-unes. Elles devaient être authentiques pour moitié ou peut-être un peu moins. Le tout était de démêler les vraies des fausses. Et de savoir celle qui avait déclenché ça. Malgré son rire, Louis éprouvait une sensation de malaise dont il ne laissait rien paraître, parce qu'il savait qu'au bout du compte, c'était plutôt une mauvaise nouvelle. En revanche, il ne savait pas exactement pourquoi.

Sue Brimmington-Smythe connaissait tout le monde. Elle arriva chez John et Georgia en fin de matinée, sans doute peu de temps après s'être levée. Elle avança lentement vers la porte, en regardant la maison comme si elle venait l'acheter, enveloppée dans un châle à fleurs qui avait vu des jours meilleurs. Elle aperçut John en premier et lui adressa un sourire radieux. Il était en train de préparer la pâtée du chien qui tournait autour de lui en jappant et en se dressant sur ses pattes arrière.

Georgia offrit immédiatement à Sue quelque chose à boire, car comme les paysans, les Anglais ne peuvent pas discuter tant qu'ils n'ont pas un verre ou une tasse en main. La conversation démarra difficilement et Georgia finit par se rendre compte que c'était en raison de Radio 4 et qu'il fallait couvrir une émission sur la disparition des écureuils rouges dans la campagne anglaise pour s'entendre. Quand la bouilloire eut fini de siffler, on comprit que Sue parlait d'un de ses amis qui possédait un château et qui s'était fait une spécialité de repérer les manoirs, maisons, de maître et autres, qui valaient la peine d'être restaurées et revendues, en particulier à une clientèle anglaise. Elle avait songé que ce serait utile à John de le rencontrer et elle s'était arrangée pour qu'ils soient tous invités à déjeuner au château, le lendemain.

« Demain ? Ce n'est pas un peu tôt ? demanda John.

— Ashley est comme ça », répondit Sue avec un grand geste qui signifiait qu'il ne reculerait devant aucune extravagance.

Le lendemain, John et Georgia s'étaient levés vers dix heures et demie et s'activaient frénétiquement dans la salle de bains pour ne pas être en retard au rendez-vous avec Sue car il y avait une heure de trajet jusqu'au château. John sortait du bain et se séchait avec la serviette humide que Georgia venait d'utiliser quand il remarqua qu'elle était penchée en avant, devant le miroir. Cambrée, comme toujours, elle se passait un bâton de rouge sur les lèvres.

« Tu te maquilles ? demanda-t-il d'un ton tellement agressif qu'elle en fut surprise.

— Ben oui.

— Depuis quand ?

— Mais pourquoi tu me demandes ça ?

— Mais tu ne te maquilles jamais. En plus tu sais que je n'aime pas ça.

— Tu n'aimes pas quoi ?

— Mais le maquillage. Je préfère euh… le style naturel. »

Il y eut un silence, elle le regardait d'un air consterné, tenant toujours son bâton de rouge au bout de son bras replié, à une dizaine de centimètres de ses lèvres, comme si elle venait d'être pétrifiée au milieu de son geste. Elle se rendit compte tout d'un coup qu'il ne savait même pas qu'elle se maquillait parfois, qu'il était incapable de faire la différence entre les jours où elle mettait de la poudre, de la couleur sur les paupières et les autres où elle gardait son teint « naturel » comme il disait.

« Pourquoi me regardes-tu comme ça ? » demanda-t-il, passablement irrité.

C'eut été trop long à expliquer et elle se contenta de dire :

« Je ne comprends pas.

— Je viens de te dire que je n'aime pas le maquillage. Pourquoi est-ce que tu te maquilles aujourd'hui ? »

Puis tournant au sarcasme, avec un sourire en coin particulièrement antipathique, il ajouta : « Parce qu'on va manger dans un château ? Ça t'impressionne ? Tu veux te donner des airs ? »

Il était nu dans la salle de bains, avec sa serviette autour du cou. Il avait la peau plus blanche que jamais sous l'éclairage cru de l'unique ampoule qui se reflétait sur le carrelage. Il aperçut son corps dans la glace et haussa les épaules en grinçant des dents. Elle se retourna sans rien dire et acheva de se peindre les lèvres, puis fit toutes sortes de grimaces pour bien étaler la couleur uniformément.

« Tu sais bien que je me maquille de temps en temps, dit-elle d'un ton neutre, quand je me sens fatiguée. Je ne sais pas, ça me donne l'impression que j'ai plus d'énergie, c'est idiot, mais ça me... comment dire ? Ça ne te plaît pas ?

— Je préfère quand tu es naturelle. »

Elle aurait eu du mal à décrire ses sentiments à ce moment précis. La surprise était passée, ou plutôt l'effet de surprise, et elle ne subsistait que comme un arrière-fond à ses pensées, où se mêlaient de l'impatience, du mépris sans doute et peut-être même de la haine, non, plutôt une sorte de dégoût pour cette masse blanchâtre et un peu grasse, et pour les mots qui sortaient de cette bouche comme des aboiements absurdes et ennuyeux. Par provocation, elle mit ses boucles d'oreilles les plus voyantes et si elle en avait eu le temps, elle se serait changée pour enfiler une tenue beaucoup plus provocante que le simple pull en coton qu'elle avait choisi.

Elle était encore à gueuler, là derrière lui et à se moquer. À lui rappeler qu'il avait peur de Louis, et une autre voix en lui-même qui était comme l'écho d'Héloïse lui disait que c'était vrai. Il ne savait plus où se tourner, où regarder pour ne pas l'entendre. Il lui tournait le dos depuis déjà un moment. Et l'oiseau dans sa cage qui roucoulait, comme s'il riait, ou comme s'il répétait « tu vois, tu vois, elle a raison ».

« T'es pas bien fier, va, quand je te parle de mon frère. »

Ça c'était nouveau, d'habitude elle disait « Louis ». Maintenant c'était son frère. Tiens.

« Je vais avoir besoin d'argent, ajouta-t-elle, il faudra que tu m'en donnes. »

Il regardait toujours par la fenêtre et ne voyait toujours rien que des arbres et des bruyères. Il ne savait pas ce qu'elle faisait derrière lui, d'ailleurs il ne voulait plus savoir. Il ne savait pas non plus quoi dire, alors il décida de gueuler comme s'il s'adressait à un animal récalcitrant.

« Ho ! T'as fini, oui ? Méfie-toi.

— Fais le malin, oui. Je me demande la tête que tu ferais si mon frère venait t'expliquer une chose ou deux. »

Il se demanda si elle n'était pas de mèche avec Louis pour lui piquer son fric. Ça faisait maintenant des semaines qu'il avait droit à la même scène quand il allait la voir. Comme avec le petit. Ils étaient tous là à vouloir l'enfoncer. Ils s'étaient passé le mot. Et c'était encore elle qui avait les meilleures armes.

Il se tourna à moitié pour l'observer. Elle s'essuyait les mains au torchon qu'elle avait noué autour de sa taille, retenu par une épingle à nourrice. Puis elle s'assit au bout de la table, comme un homme, les jambes écartées sur sa chaise. Elle avait enlevé son dentier et lui souriait comme si elle voulait l'humilier, lui, par sa propre laideur en lui disant : « Regarde-moi, vois un peu ça, et je suis ta maîtresse ». Et à haute voix, elle déclarait : « Tu ne te débarrasseras pas de moi comme ça, va. Tu vas faire comme je dis. Des fois que la Maud et le Louis en apprendraient de belles sur toi, et ton gouyassou le Jean Desjean. » Puis elle riait bêtement. Il avait même l'impression qu'elle en rajoutait.

D'un geste machinal, il repoussa sa casquette en arrière et se caressa la nuque, puis il enfonça la main dans sa poche et là, sentit le manche de son couteau.

Le mur extérieur qui protégeait le manoir des regards avait été sablé et le jaune de la pierre était un peu vif, presque artificiel, tout comme le portail en bois qui avait été ajouté récemment, trop verni, trop luisant, malgré les six mois et de pluie et de bruine qui l'avaient arrosé. À l'intérieur, des allées de gravier passaient autour de parterres de fleurs isolés comme des îles de couleur au milieu des cailloux beiges. « Trop d'argent nuit parfois au goût », songea John, satisfait pour une fois de son état de pauvreté. Le gravier crissait sous les chaussures, comme dans un film français sur la province, et Georgia s'émerveillait de l'inclinaison du toit périgourdin particulièrement pentu, elle s'attendrissait devant le pigeonnier un peu plus loin, et admirait l'état quasi neuf des granges du dix-huitième qui formaient un carré.

Un clown se tenait à la porte du manoir, dans une veste d'intérieur en velours pourpre, légèrement usé mais pas encore assez pour être parfaitement aristocratique. C'était Ashley, le propriétaire des lieux. Il était petit et extrêmement gras, avec une mollesse dans les traits qui évoquait plus un bouddha qu'un bulldog ; il avait entrecroisé ses doigts potelés sur son ventre et criait : « Hello, hello, hello. » Il posa ses grosses lèvres sur la joue de Sue, la prit par les épaules et fit retentir son baiser de bienvenue avec une telle exagération qu'il en devenait drôle. Il se tourna vers John et Georgia avec un « Ha ! » qu'on aurait pu interpréter de multiples façons, puis mena tout le monde à l'intérieur.

« La bonne était prise aujourd'hui, expliqua-t-il en disant "bonne" en français, je ferai le service moi-même et c'est tant mieux, on boira plus. Elle s'inquiète pour ma santé. »

Il sautillait sur ses petits pieds, s'agitait autour d'un guéridon, débouchant des flacons en cristal ciselé avec une adresse presque obscène. Le salon était encombré de fauteuils, il y en avait de toutes les formes, des bergères et des crapauds, des Chesterfield et des voltaires, mais tout le monde restait debout, un verre à la main, presque au garde-à-vous à échanger des plaisanteries en s'inclinant légèrement en avant de temps à autre, comme des soldats prussiens devant un officier. Le tapis était profond et sombre, et à travers les fenêtres en ogive toujours taillées dans cette même pierre un peu trop jaune, on voyait tomber une bruine triste. Curieusement, il n'y avait pas trop de scènes de chasse sur les murs, les gravures victoriennes représentant des chevaux étaient absentes, de même que les portraits de chiens ; en revanche trois lévriers russes étaient langoureusement allongés sur le tapis et sur une méridienne qui leur était réservée, comme des prostituées faméliques et arrogantes. Ashley ne se lassait pas de commenter la cruauté et l'agilité de ces créatures si différentes de leur maître et là encore, le contraste ne manquait pas d'être comique ; on l'aurait imaginé caressant un caniche nain trop nourri ou un carlin. Il s'interrompait souvent au milieu d'un phrase pour se tourner vers ses animaux gris et leur adressait toutes sortes de mots tendres en arrondissant sa bouche rouge et humide. Puis il riait de lui-même en prenant l'assistance à témoin. Il raconta comment ses chiens avaient un jour ramené la cuisse sanguinolente d'un chevreuil. John se tourna à plusieurs reprises vers Georgia pour accrocher son regard et déceler dans ses yeux une pensée sur leur hôte ou sur ce manoir, mais elle ne regardait pas dans sa direction ; on voyait qu'elle admirait les vitrines victoriennes pleines de bibelots roses et blancs en porcelaine, le contour du dossier d'un fauteuil qu'elle caressait du bout des doigts, comme si tout ce luxe était susceptible de lui inspirer un abandon lascif.

On en était au deuxième apéritif, John avait choisi le whisky plutôt que le vin et comme il avait le ventre vide, cette pièce dans ce manoir, la présence de Sue et de Joshua, et ce petit homme obèse prenaient l'allure d'un rêve à la fois confortable et pesant. Ashley plaisantait sur sa propre laideur, sur ses jambes courtes, ses joues grasses, son ventre rebondi et ses doigts courts, et tout le monde riait. John se joignait à eux comme s'il était détaché de lui-même, comme s'il s'observait avec les autres depuis une mezzanine imaginaire, en plongée. Sue expliqua à Ashley, comme si elle ne l'avait pas déjà fait, que John travaillait pour un agent immobilier à Londres et qu'il était particulièrement intéressé par les manoirs et les châteaux pour la « grosse clientèle ». Ashley en conclut qu'ils se reverraient un jour, mais qu'on ne parlerait pas affaires pour ne pas gâcher le déjeuner.

Ashley servit le vin en demandant à Georgia ce qu'elle faisait en Périgord. Elle lui répondit qu'elle passait son temps à coudre et à jardiner et Ashley prétendit qu'il n'avait jamais rien entendu d'aussi merveilleux. Il but une gorgée, s'essuya les lèvres et le menton et expliqua qu'il aurait besoin de rideaux. Ils se mirent d'accord pour se revoir et John se félicita de la rentrée d'argent prochaine que représentait la commande. Sue, Joshua et Ashley échangèrent des nouvelles sur des gens que John et Georgia ne connaissaient pas, des gens qui vivaient à Londres et évoluaient dans un milieu social supérieur au leur. Comme le vin coulait, on était passé très rapidement à la troisième bouteille et Joshua ouvrait la quatrième à la demande d'Ashley, lorsque Sue déclara en se tournant vers Georgia : « J'ai appelé chez vous l'autre jour, et c'est une voix française qui m'a répondu. Une voix d'homme… oh ! »

Elle éclata de rire et Ashley prolongea son « oh » en levant les sourcils et en faisant une grimace.

« J'ai demandé si tu étais là, continua Sue, puis il m'a répondu : “Non, elle est partie, je suis son cousin.” (Rires.) Son cousin ? je me suis dit qu’est-ce que c’est que cette histoire ? »

Georgia paraissait stupéfaite et amusée, elle demanda qu’on lui répète ce qui s’était passé, haussa les épaules, leva les sourcils.

« C’était quand ?

— Je ne sais pas, ça devait être vers la semaine dernière ou un peu avant. J’ai oublié de t’en parler. Pourtant… hmmm… j’ai été intriguée. En fait ça devait être quand John était à Londres. John ! s’exclama-t-elle, tu devrais te méfier ! »

John avait l’esprit embué par le vin et il lui fallut quelques secondes avant de saisir pleinement ce que Sue venait de dire. Il y était aidé par les plaisanteries qui se succédaient sur le thème des cousins et des voix masculines. Georgia riait elle aussi, faisait des mines. Mille questions se pressaient dans l’esprit de John, et une réponse qui s’imposait immédiatement pour y répondre : il s’agissait d’une erreur, Sue avait composé le mauvais numéro, était tombée sur un homme, un Français qui lui avait fait cette blague, peut-être parce qu’il avait décelé son accent anglais, de toute manière, peu importait la raison. C’était une erreur, et par un effort considérable de sa volonté, toujours aidé par le vin, il se contenta de cette explication, comme s’il se réservait consciemment des heures de torture pour l’avenir proche ; le soir même par exemple, il envisagerait toutes les autres possibilités. En attendant il vida son verre, alla même jusqu’à contribuer aux échanges de plaisanteries sur le sujet de l’adultère et observa Ashley qui faisait une parodie de cour à Georgia, puis à Sue. Après le dessert, John accepta le cognac et Georgia commenta : « C'est moi qui conduirai. » Il n'aurait pas su expliquer pourquoi, mais soudain cette remarque lui parut vulgaire, mesquine, au milieu de tous ces gens qui, de toute manière, étaient saouls eux aussi et avaient quand même accepté le cognac. « C'est moi qui conduirai », une remarque de petite bourgeoise, finalement. Il prit un deuxième cognac, puis Ashley leur fit faire la visite de la maison. Il en profita pour montrer à Georgia les fenêtres qui avaient besoin de rideaux, mais on décida qu'on prendrait les mesures une autre fois, pour être sûr qu'elles soient exactes. En parcourant les chambres d'amis et en admirant les tableaux contemporains accrochés au mur (« Magnifique collection », disait Joshua), John commençait à envisager d'autres explications au coup de fil mystérieux. Il n'y en avait qu'une : Georgia avait un amant. À moins qu'elle n'ait reçu chez elle des amis, un homme et une femme par exemple, qu'elle soit sortie dans le jardin un moment et que l'homme en question ait décroché le téléphone à ce moment-là pour faire cette plaisanterie. Mais de quel homme pouvait-il s'agir ? Dave, qui serait venu boire un café avec Helen. Et Georgia ne lui en aurait pas parlé. Possible. Mais peu probable. Ou alors, une erreur. Oui, une erreur, bien sûr. Mais chaque fois qu'il arrivait à cette conclusion, la plus réelle de toutes, des images obscènes, scatologiques, lui traversaient l'esprit, une fraction de seconde à peine, et au milieu de ces silhouettes et de ces couleurs floues, en moins de temps qu'il n'en faut pour le dire, il devinait la tache rose que formaient le corps nu de Georgia et cet autre, ce Français puisqu'il s'agissait d'une voix française, il s'en souvenait maintenant, ce Français… Ils avaient fait assez de remarques et de plaisanteries pendant la viande en sauce sur l'art de l'amour en France et toutes ces âneries et le charme des Latins et je ne sais quoi encore. Et puisque c'était un Français, ça ne pouvait pas être Dave, pourquoi Dave aurait-il décroché le téléphone, chez eux ? Même pour une blague. Et puis Sue l'aurait reconnu. Peut-être pas ? Il n'avait pas décelé la moindre gêne chez Georgia quand Sue avait raconté cette histoire, même sa surprise n'aurait pas pu être qualifiée d'excessive, elle n'avait pas rougi, elle avait seulement ri avec les autres. Il n'osait pas fumer pendant la visite de la maison, il jouait nerveusement avec les pièces de monnaie au fond de sa poche, tous ces lits dans les chambres d'amis lui donnaient envie de s'allonger et de s'assoupir, des lits hauts, profonds, moelleux, recouverts d'édredons, les draps étaient propres et sentaient le frais. Puis il se détournait des lits et regardait par la fenêtre la pluie grise, le ciel transparent, pour ne pas revoir ces taches roses qui réapparaissaient soudain devant ses yeux ; dans son imagination les édredons se soulevaient, les draps se froissaient. Le bourdonnement admiratif des voix de Joshua et Sue qui connaissaient déjà l'endroit l'assourdissait. Il regarda Georgia et la trouva belle, le maquillage qu'il lui avait si sévèrement reproché le matin même l'excita, lui donna envie d'être seul avec elle dans une de ces chambres, de coucher avec elle et d'effacer par des actes, le contact de sa peau, l'odeur de son corps, toutes les images furtives qui l'accablaient et qu'il ne parvenait pas à contrôler. Il pria le Ciel pour que ces questions cessent, pour être guéri de sa jalousie, pour être comme les autres. Dans le couloir, quand ils furent redescendus au rez-de-chaussée, il vint se mettre à sa hauteur. Joshua parlait avec Ashley et Sue marchait devant. Il aurait voulu la prendre dans ses bras, chercha quelque chose à dire, puis il lui effleura le bras. Elle se tourna vers lui, il sourit et s'entendit demander : « Ça va ? » Elle plissa le front comme s'il était devenu fou, puis répondit sur un ton agacé : « Oui, bien sûr, pourquoi tu me demandes ça ? » Elle parlait à voix basse, elle craignait qu'on les entende, que la question de John paraisse grossière. Puis elle détourna la tête et la visite continua.

Le vieux Desjean était appuyé à un arbre, au milieu des bois, il se cachait le visage, son corps était agité de soubresauts, il sanglotait, et les larmes inondaient ses joues. Il se laissa glisser contre le tronc et se retrouva assis par terre. Il était près de la maison d'Héloïse. Il n'avait pas pu s'empêcher de revenir pour voir si quelque chose avait changé, si quelqu'un était venu peut-être. Il pleurait sans bruit. Il s'apitoyait sur lui-même, et c'était sans doute la première fois depuis l'âge adulte qu'il s'autorisait tant de complaisance envers lui-même et envers sa lâcheté. Il sortit un gros mouchoir de sa poche. Puis tout d'un coup, la stupeur arrêta ses larmes. Il resta comme hébété à regarder dans le vide, en une grimace presque comique. Il se leva brusquement et partit vers la maison en courant.

Il poussa la porte d'un geste violent, comme s'il s'attendait à voir Héloïse et tous les saints se dresser devant lui dans la cuisine. Elle était toujours là, à l'endroit où il l'avait laissée, les narines pincées, le cou en arrière. La bouche et les yeux ouverts. Et son couteau ? Un frisson lui parcourut l'échine à la vue de ce mannequin absurde avec son couteau dans le cœur. Son couteau. Il n'arrivait pas à croire qu'il ait pu laisser son couteau dans le cœur d'Héloïse, même dans l'état de panique où il s'était alors trouvé l'avant-veille. Il mit à nouveau la main autour du manche et retira son Opinel d'un coup sec. Personne n'était venu. Tout le monde s'en foutait de la pauvre vieille. Il se demanda s'il fallait mettre le feu à la maison. Non, pourquoi attirer l'attention sur l'endroit ? Il pouvait se passer des semaines avant qu'on se demande ce qui était arrivé à Héloïse. Même les parents Pauillac ne s'en inquiéteraient pas avant un bon moment. Le facteur s'arrêtait au bout du chemin pour mettre le peu de courrier qu'elle recevait dans sa boîte. Peut-être qu'un jour on viendrait lui couper l'eau. Ce serait pour dans longtemps. Il se demanda s'il fallait lui fermer les yeux, la mettre dans son lit. Non, évidemment. Mais quand même… Et puis après tout, elle était morte. Pour la deuxième fois, il l'abandonna sur la chaise où il l'avait poignardée.

Assis dans son compartiment de première classe, John avait encore la gueule de bois, il n'aurait jamais dû accepter d'aller déjeuner la veille d'un départ pour Londres. Il avait encore bu en rentrant du déjeuner et les cigarettes qu'il fumait contribuaient à lui donner la nausée, mais il ne pouvait pas s'empêcher de les allumer l'une après l'autre ; à chaque secousse du train qui l'emmenait vers Limoges, c'était comme si on lui tordait l'estomac, l'odeur âcre laissée par les cigarettes, les pipes, les cigarillos des voyageurs qui l'avaient précédé lui était insupportable, lui qui avait toujours eu une passion pour le tabac. On ne pouvait pas ouvrir les vitres, c'était un jour froid et gris comme les façades de ces maisons crépies et carrées le long de la voie ferrée avec leurs fenêtres agrandies et leurs barreaux de fer. Il n'y avait qu'un seul passager à côté de lui qui regardait à travers la vitre, un vieux beau, un chauve grisonnant aux lèvres minces, serrées, qui fumait des Dunhill, qui croisait les jambes d'un air précieux ; on voyait ses chaussettes au dessus de ses mocassins à boucles, pointus, un peu usés, visiblement de mauvaise qualité. Puis entre la chaussette qui plissait légèrement et le bas du pantalon, quelques poils noirs qui striaient une chair pâle et laissaient deviner sa nudité. John l'observait à la dérobée avec des frissons de dégoût. Il ne pouvait s'empêcher de penser que cet homme avait forcément couché avec des femmes et toute sa personne exhalait des parfums de lubricité provinciale, de liaisons clandestines, peut-être avec une fille du bureau, de week-ends secrets dans des hôtels médiocres, la partie de jambes en l'air après un dîner gras dans un restaurant au décor étouffant.

Il essaya de se replonger dans son livre. En vain. Le mal de tête, les scénarios qu'il échafaudait sur son voisin, le bruit métallique des roues même, et les tremblements des fenêtres, tout le ramenait à des pensées déplaisantes. Il essaya de songer à Ashley, à Sue. Il ne savait plus très bien ce qu'il fallait conclure de ce déjeuner, même si le contact, comme on disait, pouvait se révéler utile. Peut-être. Il repensa à la paresse confortable et sans souci qui devait rythmer la vie d'Ashley. Il n'arrivait pas à imaginer ce qui pouvait inquiéter cet homme-là. Même sa laideur, ses paupières lourdes, sa bouche adipeuse étaient sans importance au regard de sa fortune.

Puis, comme si on venait de le lui souffler à l'oreille, une phrase revint se faire entendre dans son esprit, se mêlant à sa nausée et à ses amertumes : « Il n'est pas là, c'est son cousin à l'appareil. » Une voix d'homme, un Français, et une phrase ridicule, d'un comique digne de ces comédies de boulevard comme en écrivent les Français, justement. On arrivait à Bussière-Galant. Il ne put s'empêcher de sourire, tant ce nom répondait de façon grotesque à ces histoires de chambres à coucher et de lits défaits sous lesquels se cachent les amants. Son voisin croisa et décroisa les jambes, toussota, s'agita sur son siège. Et au fur et à mesure que le train prenait de la vitesse, les pensées de John perdirent le peu de cohérence qu'elles avaient eu jusqu'à présent. « Il n'est pas là, c'est son cousin à l'appareil. » Ça ne pouvait vouloir dire qu'une chose, que Georgia avait un amant français et que celui-ci avait eu en plus le bon goût de se foutre de lui, pauvre cocu, en répondant au téléphone, chez lui, John, pour faire une blague grossière, obscène : « C'est son cousin. » Puis les images revinrent, impitoyables comme une migraine, il croyait presque voir, derrière ses paupières closes, son voisin dans le compartiment, se vautrer sur Georgia, leurs deux corps enlacés, et elle qui se pliait à tous ses caprices, puis lui qui irait raconter la chose à ses amis, dans le détail, accoudé à un bar, en train de se saouler au pastis. Il eut envie de vomir. Il alla aux toilettes d'un pas hésitant en se heurtant aux parois du couloir. Il ouvrit la porte, la puanteur était atroce, mais il décida de se passer de l'eau sur le visage. Il s'était mis à suer. Il se regarda dans la glace, se trouva hideux, il se reconnaissait à peine dans ce reflet. Il fronça les sourcils, puis s'humecta le front. Il craignit de rester dans cet état jusqu'à ce qu'il en crève, il n'arrivait même pas à envisager les quatre prochains jours à Londres, à parler de propriétés, d'hectares, de dépendances, pendant qu'il se demanderait sans cesse si Georgia n'était pas à ce moment-là en train de se déshabiller devant un homme, de s'offrir dans leur lit en poussant des gémissements de plaisir. Le train ralentissait, il déverrouilla la porte et se retrouva dans le couloir. On approchait d'une gare. La Coquille. (La Coquille !). Il entra dans le compartiment, tira sa valise de l'étagère métallique sur laquelle elle était posée et se précipita vers la portière. Une seconde plus tard, il était sur le quai et il sentit d'abord la fraîcheur de l'air sur ses joues. Il resta quelques instants comme hébété à regarder le bâtiment de la gare, puis entendit un coup de sifflet et sentit que le train se remettait en marche derrière lui. Il regarda pardessus son épaule avec indifférence, comme s'il n'était plus responsable de ses actes. Il se dirigea vers la sortie d'une démarche parfaitement naturelle cette fois, comme n'importe quel autre voyageur ayant atteint sa destination. Il passa à travers une salle d'attente à peu près identique à celle qu'il avait quittée à Thiviers, puis se retrouva dehors, regarda autour de lui et crut reconnaître ce paysage de petite ville qu'il voyait pour la première fois. Il y avait un café en face, il traversa la rue, entra, s'assit à une table. Pendant qu'il accomplissait ces gestes banals, il ne pensait plus à rien. Une grosse femme en tablier apparut derrière le bar, sortant de sa cuisine, suivie par un berger allemand. John commanda une bière. Il faisait chaud dans le café et l'alcool le replongea dans une agréable torpeur. Il se trouva apaisé. Petit à petit il était gagné par un formidable sentiment de liberté. Personne ne savait qu'il était là. Personne ne savait qu'il avait fait ce qu'il n'aurait pas dû faire. Il avait tout son temps. Et il ne put s'empêcher de sourire, c'était comme si tout d'un coup, il reprenait le contrôle de son existence.

« On peut téléphoner ? » demanda-t-il à la grosse femme qui était restée derrière le bar, penchée en avant et regardait la rue déserte.

« Un appel local ?

— Non, c'est pour l'étranger.

— Ah non, dans ce cas là, il y a des cabines dehors, voyez, là, devant la gare. Si vous avez une carte… »

Il fit un petit geste de la main lui signifiant que c'était sans importance, il verrait ça plus tard, et pour se le prouver il commanda une deuxième bière. Les cigarettes avaient meilleur goût.

Au bout d'une demi-heure, il reprit sa valise et alla téléphoner au bureau à Londres. Il voyait La Coquille à travers les vitres de la cabine. La simple sonnerie à l'autre bout de la ligne suffisait à évoquer l'Angleterre, Londres, le bureau, il se représentait avec précision l'entrée capitonnée, cette odeur de papier, de bois, de désinfectant et d'encre qui lui était devenu familière. Il discuta quelques minutes avec la standardiste, lui fit savoir qu'il était épouvantablement malade, que le médecin était venu et lui avait prescrit toutes sortes de choses qui avaient un goût épouvantable, mais qu'il espérait ne pas rester plus de deux ou trois jours au lit. Il parlait d'une voix fatiguée, presque comme un imitateur et trouvait le spectacle qu'il s'offrait à lui-même quasiment irrésistible. Puis il demanda qu'on lui passe son patron.

« Martin ?

— John ? Ça va ?

— Pas très bien justement. C'est pour ça que je t'appelle.

— Qu'est-ce qui t'arrive ?

— Rien de grave. Mais je suis dans mon lit. J'ai attrapé un truc. »

Un camion passa dans la rue à ce moment-là, et il eut une seconde de panique avant de mettre la main sur le combiné pour étouffer le son. Martin ne disait rien, et il se demanda s'il avait entendu le bruit du moteur au moment où le chauffeur changeait de vitesse.

« Allô, Martin ?

— Oui.

— Je t'entends très mal.

— Ah ? Hé bien écoute, je ne sais pas quoi te dire. Soigne-toi, mon vieux. Tu as appelé le médecin ?

— Oui, oui. Georgia est allée me chercher des médicaments. Rien de grave. Mais c'est crevant.

— Bien... je suis désolé pour toi. »

(Pourquoi ce moment d'hésitation ? Presque des accents d'incrédulité dans sa voix. Un type s'était approché de la cabine et attendait son tour. Pourvu qu'il n'ouvre pas la porte pour demander du feu ou quelque chose dans le genre, ou qu'il ne se mette pas à gueuler en apercevant un copain qui entrerait dans le café.)

« Mais si tu veux, Martin, si vous avez vraiment besoin de moi... parce que j'ai bien bossé cette semaine. J'ai pris des contacts. Je peux peut-être demander au médecin de me donner quelque chose de beaucoup plus fort, prendre le train cette nuit, je ne sais pas...

— Non, non, tu es complètement fou. Non, une semaine de différence, c'est rien. Reste au lit surtout. Il ne faut pas laisser traîner ça. »

(C'était rassurant, il avait bien fait d'en rajouter, même si ça comportait initialement un certain risque.)

« Écoute, John, là il faut que je te quitte parce que j'ai un rendez-vous qui attend. Mais comme je disais, soigne-toi bien et reviens-nous en forme. D'accord ?

— D'accord. Merci Martin.

— Je t'en prie. Allez, salut.

— Salut. »

Il raccrocha le téléphone et cette fois-ci éclata de rire. Rien de plus facile. Et on le plaignait. Le type qui attendait, un adolescent en survêtement avec des mèches décolorées parfaitement incongrues en milieu rural lui lança un regard soupçonneux. John, que son succès dans le mensonge grisait, se demanda s'il serait aussi facile de tuer quelqu'un comme ce lycéen antipathique, que de se faire excuser par son patron pour une absence.

Georgia le croyait en chemin pour Londres. Elle pensait sûrement avoir la paix pendant quatre jours pour faire ce qu'elle voulait. Dans sa bonne humeur, il pensa qu'il l'avait peut-être mal jugée. Mais il n'arrivait toujours pas à en avoir la certitude. Il se demanda comment elle passait vraiment ses journées en son absence. Il traversa à nouveau la rue, poussa encore une fois la porte du café, et demanda à la patronne : « Il y a des taxis, ici ? »

« Hé tu sais pourquoi les curés ils sont chauves ? Parce que quand ils font l'amour ils s'embrassent sur la tête. » Louis hurla de rire en finissant de raconter sa blague, pendant que le vieux Desjean hochait la tête en se forçant à sourire. « Ah ! ce que je suis con ! », criait Louis en faisant un pas en arrière, deux sur le côté et en tapant sur l'épaule de Desjean. Eux aussi étaient au café, ils s'étaient rencontrés devant l'épicerie et étaient entrés, parce que c'était une obligation, et même s'ils n'en avaient pas vraiment envie, ils étaient allés tous deux boire un Ricard. On ne pouvait pas faire autrement. Il était neuf heures et demie.

« Hé, hé, et celle-là, tu la connais ? Qu'est-ce

qu'elle a dit l'Espagnole quand le type il a voulu la violer, là ? Tu sais ? »

Il pointait son doigt recourbé et noir sous le nez du vieux Desjean.

« Non.

— Tu la connais pas ?

— Non.

— Elle a mis ses mains comme ça et elle a dit "*laiche*-moi, *laiche*-moi". Ha ! Il est con ce Louis, alors, hein ? Hein, il est con ? »

Et l'autre faisait exactement le même geste et la même mine qu'à la première plaisanterie. Louis se tourna vers le patron, et cria encore : « Tiens, regarde, même lui, il se marre. Allez, t'en prends encore un ? »

Desjean haussa les épaules, et Louis conclut que c'était là une réponse positive. Le jeune Desjean regarda par la fenêtre et poussa un soupir, il n'avait même pas pris la peine de faire semblant de rire, il était resté assis à une table, avachi sur sa chaise dans une attitude presque arrogante. Tout en fouillant dans un porte-monnaie étonnamment petit par rapport à ses mains, Louis demanda : « Et le gouyassou, là, il boit quelque chose ? », en sachant parfaitement que cette façon de présenter les choses allait prodigieusement agacer Jean Desjean. Tout en faisant l'imbécile et en gueulant à cette heure relativement matinale, Louis était en train de les observer et essayait de provoquer une réaction. Le père debout au bar, le fils, assis à côté de la fenêtre, il y avait là quelque chose de pas tout à fait normal.

« Non, merci, pas pour moi », répondit Jean

Desjean conscient de faire preuve d'une grossièreté qui allait peut-être au-delà des limites.

« Ho !

— Non, parce qu'après, moi, dodo, ajouta Jean en imitant le style de Louis et en ajoutant un sourire pour se rattraper.

— Oh, là, là ! Oh, là, là, écoute-le ! Prend un Ricassou, allez !

— Un galopin alors. »

Puis Jean se leva lourdement pour aller pisser. En se débraguettant, il jeta un coup d'œil sur les pages de calendriers punaisées au mur. Des Australiennes, des Américaines, sur des lits défaits, qui montraient leurs seins et leurs fesses. Il se demanda encore une fois ce que son beau-père était allé faire le jour où il était entré chez les Anglais, il ne voulait pas savoir ce qui lui avait soudainement inspiré cette question entre ces trois ou quatre photos. De même qu'il n'aurait jamais pu s'avouer les raisons de la fureur qu'il avait éprouvée en se rendant compte que son beau-père était entré chez cette femme. Il se disait qu'on n'avait pas le droit d'entrer comme ça chez des braves gens. Puis il s'arrêtait là dans les explications qu'il se donnait à lui-même tout en sentant confusément que ce n'était pas vraiment ça.

Profitant de l'absence de Jean, Louis se tourna vers le vieux : « Comment ça va chez toi, alors ?

— Toujours pareil.

— Ta femme, toujours vaillante ? » demanda-t-il avec une touche de grivoiserie un peu forcée.

Et l'autre but son verre sans relever. Sentant

qu'on n'en tirerait rien, Louis parla alors des vaches qu'il avait achetées à Saint-Yriex.

Quand Jean réapparut, il vida son verre d'un trait, le vieux tapa du plat de la main sur le bar : « Bon, faut y aller, nous, il serait bien temps de réembaucher, là. » Puis ils se dirigèrent vers la porte tandis que Louis les observait.

Le vieux Desjean se tourna vers le plus jeune, puis il songea à Louis mais sans oser le regarder à travers la vitre du café. Un sourire se dessina au coin de sa lèvre. Il venait de parler à un homme dont il avait tué la sœur et qui ne le savait pas. Et le petit couillon, là, à côté de lui, ne le savait pas non plus. Tout d'un coup il eut moins peur de l'un et de l'autre. Il continua à savourer cette nouvelle situation au volant de sa voiture, sans dire un mot au petit, et son soulagement s'apparentait presque à une forme de bonheur qu'il avait connue après la mort de sa première femme ; cette sensation se transforma en une idée.

Louis se tourna vers Michel : « Des jolis geais, ces deux là, tiens. Surtout le gouya. Oh, là, là.

— Qu'est-ce que tu veux ! Ils sont comme ça.

— Ils sont comme ça, oui. »

Louis ne se sentait pas assez en confiance pour en demander plus pour le moment, et de toute manière, Marcellou venait d'entrer.

« Marcellou, ho, Marcellou, hé, hé, attends, tu la connais celle là ? Tu sais ce qu'elle a dit l'Espagnole quand… »

Georgia sursauta en entendant des pas derrière elle, sur le perron. Elle était encore en robe de chambre. Instinctivement, elle porta la main à sa gorge pour refermer son vêtement.

« Je vous ai fait peur ? Vous êtes toute seule ? »

C'était la mère Pauillac. Georgia répondit par l'affirmative à ces deux questions en poussant un soupir. Puis elle eut légèrement honte d'être dans cet état, décoiffée, à peine sortie du lit, devant des toasts et une tasse de thé, alors qu'elle s'imaginait que sa voisine avait déjà dû accomplir toute une journée de travail. La vieille Pauillac brandit un sac en plastique crasseux, couvert de taches noires difficilement identifiables mais dans lequel on devinait au moins un mélange de boue et de poussière, puis elle déclara :

« Je vous ai apporté des œufs.

— Merci, entrez, asseyez-vous, vous voulez un café ?

(Elle avait compris qu'on n'offre pas de thé aux paysans.)

— Oh…

— Il est presque prêt. »

Puis elle le prépara après avoir posé les œufs sur la table.

« Si je pouvais récupérer la poche ? demanda timidement la vieille Pauillac, un peu gênée par sa propre mesquinerie.

— Alors Monsieur John est parti ? dit-elle.

— Ce matin, oui. J'étais fatiguée, alors je me suis recouchée quand je suis revenue, expliqua Georgia.

— Vous n'êtes pas malade, au moins ?

— Non, non, c'était juste euh… comme ça.

— Ça doit pas être bien drôle d'être toute seule comme ça, si souvent. Il revient quand votre mari ?

— Dans six jours. »

Assis à l'arrière du taxi, John voyait le compteur qui dépassait déjà les deux cents francs, et il craignit de ne pas avoir assez d'argent sur lui pour payer la course.

« Est-ce qu'on pourrait s'arrêter à un distributeur ? demanda-t-il au chauffeur. Il faut que je retire de l'argent.

— C'est comme vous voulez. »

Heureusement que Georgia ne regardait pas de trop près les relevés de compte, elle ne manquerait pas d'être surprise de voir qu'il avait fait un retrait ce jour-là pour, disons, quatre cents francs, à Bussière-Galant, ou à La Coquille, ou Dieu sait où.

Ils traversèrent Thiviers, c'était un moment délicat, il risquait d'être aperçu par quelqu'un qui le connaissait de vue. Un commerçant qui pourrait lui dire devant Georgia : « Vous êtes passé en taxi l'autre jour, je vous ai fait signe, mais vous ne m'avez pas remarqué. » Improbable. Il pourrait toujours prétendre que cet interlocuteur imaginaire se trompait de toute façon. Au fur et à mesure qu'on approchait du hameau et que le paysage redevenait aussi familier que l'intérieur d'un appartement ou d'une maison où il aurait longtemps vécu, avec ses odeurs, ses imperfections, ses meubles lassants à force d'avoir été trop vus, il éprouva une sensation de malaise, et le sentiment qu'il n'aurait pas dû être là devenait moins plaisant qu'à La Coquille quand il buvait son verre de bière. Après Saint-Jean-de-Côle, il s'adressa à nouveau au chauffeur.

« Vous pourriez prendre à gauche, on va passer par la route des crêtes, je descendrai à Tierchâteau.

— C'est comme vous voulez, mais c'est plus long.

— C'est pas grave, je préfère, je dois voir quelqu'un à Tierchâteau. »

Le chauffeur ne demanda pas de précision, sans doute parce que son passager était anglais, ça expliquait vraisemblablement qu'il ait préféré faire une course qui allait tourner autour des quatre cents francs plutôt que de prendre le train jusqu'à Thiviers, puis un taxi seulement à partir de là. Sur le chemin ils ne croisèrent qu'un seul paysan qui avait arrêté sa voiture pour pisser sur le bas-côté. Les Anglais se disaient souvent entre eux qu'il est très difficile de prendre une route de campagne en France sans rencontrer un homme qui s'est garé pour pisser. Mais celui-là leur tournait le dos et, de toute manière, John ne le connaissait pas. À Tierchâteau, il paya la course en disant au chauffeur de garder la monnaie et qu'il prendrait lui-même sa valise dans le coffre. Comme le pourboire était délirant, l'autre insista pour aller lui-même sortir les bagages du monsieur avec une lenteur d'autant plus exaspérante que John était pris de fébrilité. Quand la voiture eut disparu derrière un tournant, il traîna sa valise en trottinant, comme un voyageur qui se serait trompé de décor. Il n'apercevait pas sa maison, mais on distinguait très clairement depuis Tierchâteau les toits du hameau où il habitait avec Georgia en haut de la colline. Il avait trop chaud dans son costume et son imperméable, et il avait besoin de réfléchir. Un champ de maïs s'étendait sur la droite, jusqu'à la départementale menant à Villars, et à l'embranchement de l'autre route, presque un chemin, tant il était cabossé et plein de trous.

Il parcourut une trentaine de mètres, puis, au milieu des plants de maïs, comme s'il s'était perdu dans une jungle rustique, il posa sa valise, enleva son imperméable, et défit le nœud de sa cravate.

Elle était toujours là, comme si elle l'attendait. Raide. La seule différence tenait à cette odeur répugnante qu'on devait à la vie qui continuait à se propager en elle et à la transformer. Il n'avait jamais vu un cadavre de cinq jours. À part des animaux bien sûr. Héloïse était là dans le faisceau de sa lampe de poche. Il se garda bien d'allumer la lumière. Dehors il faisait nuit. Le vieux Desjean avait longtemps réfléchi, délibéré avec lui-même, maintenant qu'il avait retrouvé son calme et que le temps des larmes était derrière lui. Il s'était demandé s'il fallait s'attaquer d'abord à l'Anglaise et à son mari, puis il avait décidé qu'ils attendraient et qu'il commencerait par Louis. Les gendarmes et leurs experts verraient que la victime comme ils disent était morte depuis cinq jours. Mais c'était sans importance. Ce serait à Louis de se démerder et de prouver qu'il était innocent, on l'entendrait gueuler, pour ça… Et Desjean ne put réprimer un sourire. Éclairant le plancher avec la lampe de poche, il s'approcha du cadavre comme à regret, puis comme à de nombreuses reprises dans le passé, il prit Héloïse entre ses bras.

Au bout d'une demi-heure passée au milieu de son champ de maïs, assis sur sa valise, John vit soudain la forme blanche de sa voiture qui remontait la route en direction de Saint-Pierre. C'était la troisième voiture qui passait. Chaque fois, il avait craint d'être repéré en raison de son costume gris qui devait se détacher au milieu du champ comme les oripeaux d'un épouvantail. Mais cette fois, il n'avait aucun doute, Georgia était partie en voiture faire des courses (mais pourquoi Saint-Pierre ? Le plus souvent elle allait à Thiviers et passait par Saint-Jean-de-Côle). Il n'avait pas le temps de chercher la réponse à ces questions, elles allaient lui ronger l'estomac un peu plus tard. En attendant, il saisit sa valise et partit aussi vite que le lui permettait le maïs. Il était en sueur quand il atteignit la route. Le poids de sa valise lui donnait des crampes dans le haut du bras. Il traversa en regardant derrière lui, comme quelqu'un qui craindrait d'être suivi au milieu d'une grande ville. Il entra dans le bois, puis au bout de quelques mètres, il décida d'abandonner sa valise en décidant qu'il viendrait la récupérer, plus tard, dans la nuit par exemple. Il se mit courir, ses chaussures glissaient sur les feuilles mortes, les pans de son imperméable s'accrochaient aux branches et aux ronces. Il décida de faire un long détour pour ne pas avoir à traverser les prés. La peur qu'il ressentait l'empêchait de voir qu'il ne suivait aucun plan précis. Dans sa précipitation, il avait oublié de regarder sa montre pour savoir de combien de temps il disposait avant le retour de Georgia. Aucune course ne prenait moins de vingt minutes. Il essaya d'évaluer le temps qu'il venait de passer à s'affoler et à faire n'importe quoi. Impossible. Il entendit un bruit de moteur, lourd et poussif. Un tracteur. Il n'arrivait pas à le voir entre les arbres. Il se passa la main dans les cheveux, se caressa la nuque et poussa un long soupir. Le découragement dura peut-être trois secondes, avant qu'il ne reprenne sa marche. Parfois, il allongeait le pas, sans vraiment savoir pourquoi, en suivant le rythme erratique de ses inquiétudes. Il ne reconnut pas immédiatement le bâtiment qui se dressa devant lui comme il sortait du bois, de l'autre côté du pré où Louis mettait ses chevaux. Un mur immense lui bouchait la vue, avec pour seule ouverture, une petite porte au battant de bois verdâtre, délabré, qui tenait à peine sur ses gonds. Il comprit alors tout d'un coup qu'il s'agissait de la grange juste en face de chez lui. Il se baissa pour passer sous la clôture électrique, avança prudemment pour ne pas effrayer les chevaux, une jument avec son poulain et un étalon énorme qui le regardèrent avec indifférence avant de se remettre à manger. Il n'eut aucun mal à pousser la porte et à se retrouver dans l'obscurité de la grange. Il resta parfaitement immobile et vit le jour à travers la fenêtre rectangulaire qui trouait la façade opposée au rez-de-chaussée. Le crottin recouvrait le sol comme un tapis et il y enfonça ses chaussures anglaises à trous en se dirigeant vers l'échelle de bois qui menait à l'étage. Là, il vit sa maison, et la fenêtre de sa chambre à coucher à travers cette autre fenêtre qui lui était apparue comme un large carré noir chaque matin, sans qu'il y fasse jamais vraiment attention. Enfin, il se laissa tomber sur la paille, les yeux rivés à l'enchevêtrement des poutres au-dessus de sa tête. Quand il entendit un bruit de moteur, une voiture, cette fois qui ralentissait et qui s'arrêtait. Ce n'était pas un bruit familier.

Ils n'étaient pas là. Il ne voyait pas leur break Peugeot blanc dans la cour, là où ils le garaient habituellement. Il fut tenté de sortir, de faire quelques pas dans la cour. Le chien n'avait pas aboyé. Et s'ils revenaient. Peut-être qu'elle serait seule. Et alors ? À quoi bon fouiner encore une fois. « Il n'est pas là, c'est son cousin. » Il en riait encore. Sans savoir ce qui l'avait poussé à décrocher le téléphone quand il était entré chez eux la première fois. C'était comme si tous les fantômes qu'il voyait là autour de la cheminée l'avaient obligé à agir ainsi. Puis il était reparti, et là, le souvenir devenait moins plaisant. Le petit salaud l'avait surpris. Il se demandait où il pouvait bien être posté pour l'avoir remarqué sans être vu. À moins, encore une fois, qu'on ne le lui ait dit. Qui ? Peut-être bien ce salopard de Louis. Lui aussi l'observait, il le sentait. Mais Louis ne s'était pas encore assez méfié. Il y avait une surprise pour lui… Le jeu devenait dangereux. Mais quoi ? Quand Desjean était seul, il en riait encore.

Allongé dans la paille, John n'avait pas pu voir qui était au volant de cette 4L bleue. La lucarne de la grange était trop haute pour apercevoir l'intérieur, et il devait faire attention à rester dans l'obscurité. Comme la voiture s'éloignait sur le chemin avant de disparaître, il entendit le téléphone sonner chez lui, de longs appels tour à tour plaintifs et menaçants qui restaient sans réponse. Si c'était le bureau qui rappelait pour prendre de ses nouvelles ? Et qui s'étonnait qu'il n'y ait personne à la maison. Non, c'était encore trop tôt. Il y avait à peine quelques heures qu'il leur avait annoncé qu'il était malade. Si c'était un de leurs amis, c'était Georgia qu'on appelait, parce qu'ils savaient tous qu'il devait être à Londres. Son cœur se serrait en entendant cette sonnerie, sans qu'il ne puisse savoir exactement pourquoi ces sons stridents et réguliers l'angoissaient. Tout simplement Helen, ou Sue Brimmington-Smythe qui voulait venir prendre un thé, bavarder.

Puis ce fut le silence. Il resta à écouter le bruissement des feuilles, à guetter des mouvements dans la paille, à se demander si Louis viendrait utiliser la grange ou chercher un des outils qui se trouvaient en bas. Au bout d'une heure de cette attente, il commença à s'ennuyer, il en vint presque à souhaiter qu'un événement dramatique survienne. Le froid le gagnait et il regarda son costume, froissé, couvert de poussière et de paille. Aucune péripétie de sa vie londonienne ne pourrait justifier l'état de ses vêtements, quand il « rentrerait » dans quatre jours, fatigué par le rythme de la grande ville, reçu avec reconnaissance par une femme aimante car il sacrifiait son bonheur rustique pour rapporter une paye au prix d'efforts éreintants. Il songea qu'il lui faudrait s'introduire chez lui un jour prochain, en l'absence de Georgia qui irait forcément faire des courses, afin de prendre des habits adéquats, puis il irait récupérer sa valise dans les bois, changerait de tenue le jour prévu pour son retour. Sauf évidemment s'il la surprenait en train de le tromper, là il n'aurait plus besoin de rien justifier. Il eut envie d'une cigarette et se demanda si c'était bien prudent au milieu de toute cette herbe séchée ; il y renonça. Il n'osait pas s'aventurer en bas de l'échelle, là où le danger aurait été moindre, seulement pour fumer. Il regarda sa montre, il y avait maintenant un peu plus d'une heure qu'il était dans la grange, et comme il commençait à s'habituer à sa situation impensable, l'ennui le gagnait, suivi de près par la faim. Son réfrigérateur était là, de l'autre côté du chemin, avec encore un peu de fromage, du beurre, il se demanda s'il restait du pain, et puis il aurait bien pris des céréales dans le garde-manger. Il fut saisi de panique en se demandant comment il allait tenir quatre jours sans nourriture, puis décida qu'il irait en voler chez lui, dès que Georgia s'absenterait. C'est à ce moment-là qu'il entendit le moteur de sa voiture, puis le crissement des pneus comme elle freinait. Il s'approcha de la fenêtre, toujours à plat ventre, et observa Georgia qui ouvrait la portière pour laisser sortir le chien qui se mit à courir et à sauter autour d'elle. Le chien ! Est-ce que le chien pouvait le sentir à cette distance ? Non, mais s'il quittait sa cachette ? Pour l'instant, il n'y avait rien à craindre, apparemment. Georgia ouvrait le coffre et en sortait des sacs en plastique du supermarché, et à l'observer ainsi, sans être vu, à voir et à reconnaître ses mouvements il fut envahi par une bouffée de tendresse pour elle, il était touché de la voir seule dans cette ferme perdue au milieu de la France, avec son chien pour unique compagnon, à attendre son retour de Londres, jour après jour. Ses propres sentiments le rassurèrent alors sur leur vie commune. Il remarqua qu'elle sortait de très nombreux sacs de provisions de ce coffre, et qu'il y avait aussi beaucoup de bouteilles qui s'entrechoquaient. Peut-être faisait-elle toujours les courses pour la semaine le jour de son départ. Encore en proie à l'affection qu'il venait de ressentir, il espéra qu'elle ne buvait pas trop en son absence, pour passer le temps.

Louis commençait à en avoir marre d'être obligé de boire tous les soirs avec tous ces tocards pour vendre et acheter des bêtes. Il n'avait pas de montre, il s'en vantait assez souvent, mais il savait qu'il devait être environ trois heures du matin. Il était tombé dans une embuscade au Trincou, puis il avait dû passer chez un client et attendre que les Suze-Pernod l'achèvent avant de rentrer à la maison. Les chiens hurlaient dans le chenil et il allait encore se faire engueuler par les voisins le lendemain matin. Il repoussa sa casquette en arrière et s'arrêta au milieu de son geste. Une silhouette était avachie devant sa porte, éclairée par la lumière bleue et blanche de la lune. Il songea d'abord que c'était un ami ivre mort qui s'était écroulé sur son seuil, ne trouvant personne à l'intérieur. Il fit quelques pas en poussant des jurons puis stoppa net. Il reconnut le visage de sa sœur, mais il lui fallut confirmation. Ses joues étaient marbrées, jaunes et bleues avec parfois des taches violettes, elle avait la bouche ouverte qui révélaient ses gencives sans dents, ses cheveux noirs défaits tombaient sur ses épaules comme de vieilles cordes, des lambeaux de tissu noir. Et il comprit qu'elle était morte. Il se pencha en arrière et bomba le torse, pour se garder de toute réaction normale : la panique, l'incompréhension, le chagrin. Il éclaira le cadavre avec sa torche et vit au-dessus du ventre météorisé des taches de sang séché sur la robe. Parfois un souffle d'air soulevait une mèche de cheveux en donnant au corps un semblant de vie. Louis éclaira le visage, vit les yeux ouverts et il eut peur.

Il se retourna, la cour de la ferme était vide. Puis il se rendit compte que, pendant tout ce temps, les chiens avaient aboyé et jappé en l'entendant. Il fut tenté de gueuler pour les faire taire. Puis décida qu'il valait mieux ne pas faire de bruit. Il alla vers le chenil, ouvrit la grille et caressa ses chiens pour les calmer, puis il leur donna à manger. Il retourna vers la morte et malgré son dégoût, souleva la robe à l'endroit où elle était tachée de sang. Il s'aperçut immédiatement que la plaie avait été causée par un objet tranchant. Un couteau. Le cadavre puait, mais il avait l'habitude. Louis se prit la tête à deux mains, regarda à nouveau vers la cour, puis il décida qu'il fallait commencer par cacher le corps. Il le saisit par les pieds et, tout en le traînant vers la grange, se demandait qui avait tué Héloïse et pour quelle raison. Il arriva très vite à la conclusion qu'elle avait été tuée ailleurs et qu'on l'avait déposée devant sa porte. Comme une menace ? Peut-être. Beaucoup de gens ne l'aimaient pas, mais il n'arrivait pas à songer à une seule personne qui puisse le haïr assez pour tuer sa sœur et l'amener jusque chez lui. Si quelqu'un d'autre avait découvert le corps ? On l'aurait accusé, lui. Et après ?

Dans la grange il vit la fourche de son tracteur qui se détachait sur la nuit comme une potence. Il prit une corde qu'il attacha autour de la cheville d'Héloïse puis fixa l'autre extrémité à une des dents de la fourche. Il souleva le cadavre qui pendait vers le bas, toujours à demi raide, les cheveux frottant le sol, la bouche toujours ouverte comme une statue primitive appartenant à un culte monstrueux. Puis il conduisit son tracteur sur le chemin dans un bruit de moteur infernal jusqu'au champ labouré le plus proche. S'il croisait quelqu'un, il était fini et il le savait. Il voyait la lune qui baissait dans le ciel et projetait une clarté inquiétante. Le cadavre se balançait de droite et de gauche devant lui. Il n'avait que ça à faire. Enterrer Héloïse secrètement, trouver lui-même qui l'avait tuée. Mais ça… Il dirait à sa mère que sa salope de sœur était partie avec un amant dans une ville quelconque sans prévenir personne. Angoulême ou ailleurs. Pourquoi pas Paris. Tout en réfléchissant, il songea qu'il manquait quelque chose à ce cauchemar d'ivrogne qui était une indéniable réalité et qu'il avait assimilée et maîtrisée avec une vitesse qui l'étonnait lui-même. Puis il trouva ce qui faisait défaut. Le chagrin. Il n'éprouvait aucun chagrin pour cette sœur qu'il avait perdue depuis longtemps, qu'il n'avait finalement jamais eue.

Il décida de l'enterrer au milieu du champ. Personne ne viendrait semer à part lui, et il creusa facilement un trou profond. La terre était molle, riche et grasse en cet endroit, sans trop de pierres pour une fois. Il avait enterré ainsi plus d'un chien par le passé.

Après l'ennui et la faim, vint le froid. Georgia avait déchargé la voiture, puis elle avait disparu dans la maison. John ne l'avait pas aperçue de la journée et le soir tombait, on voyait une nouvelle nuance de gris s'imposer lentement dans le ciel, les bruits n'étaient plus les mêmes, on sentait que les activités de la journée prenaient fin, il entendit que les Pauillac refermaient leur portail. La fraîcheur de l'atmosphère donnait envie d'être assis près du feu, un verre à la main, ou dans un restaurant à Londres. Est-ce qu'il pouvait quitter cette grange, traverser les vingt ou trente mètres qui le séparaient de sa femme, lui dire… lui dire quoi au juste, qu'il avait passé la journée dans la paille au lieu d'aller travailler en Angleterre ? Il n'arrivait pas à y croire lui-même. La lumière s'alluma dans sa chambre à coucher. Il tendit le cou, mais Georgia ne passa pas devant la fenêtre, il aurait pourtant tant aimé l'apercevoir, juste une seconde. Il reprit le cours de ses pensées, décida qu'il irait dans le noir chercher la valise qu'il avait abandonnée, il mettrait un pull, non… Il fallait garder des vêtements propres pour le retour, donc il continuerait à vivre dans son costume, puis au dernier moment, il s'en débarrasserait et dirait qu'il l'avait laissé dans un pressing à Londres, parce que, par exemple, il avait renversé du vin dessus au cours d'un déjeuner avec un client. Parfait. Ou que le client avait fait tomber la bouteille, mieux encore. Quand même, quatre jours comme ça. Une éternité. Il creusa un trou dans la paille en préparation pour la nuit, et au bout d'une heure à ruminer des pensées qui tournaient en rond et se répondaient sans cesse en un écho assourdissant, il entendit encore une fois un bruit de moteur, puis des phares qui balayaient la cour de sa maison, avant de s'éteindre. Deux portières qui claquent, et il distingue brusquement la silhouette d'Helen, puis celle de Dave qui tient une bouteille à la main et se tourne vers Helen, il lui adresse des paroles que John ne parvient pas à distinguer et tous deux se mettent à rire. Ils traversent la cour, John voit la porte qui s'ouvre, mais il ne parvient toujours pas à apercevoir sa femme ; elle doit être en train de leur faire signe d'entrer, tout le monde disparaît, la porte se referme. Il comprend mieux maintenant, pourquoi elle a déchargé tant de sacs et tant de vin plus tôt. Au moins elle se console rapidement de ses absences, elle n'attend pas pour faire la fête, et pendant toute la nuit qui suit il en sera outré.

Malgré sa colère, il finit par s'endormir, sous son imperméable qu'il a recouvert de paille. Il est réveillé par la porte qui s'ouvre et les voix plus éraillées d'Helen et de Dave, et il entend le rire de Georgia ; elle tient une lampe de poche, mais sa silhouette se dessine, noire, sur le fond de lumière qui s'échappe par la porte ouverte. Ils sont tous ivres et il se prend même à les trouver ridicules. Le rire de Georgia lui paraît hystérique. Helen soutient Dave jusqu'à leur voiture, il se retourne pour lancer une dernière plaisanterie. Dans la lumière des phares, John peut alors apercevoir Georgia qui leur fait un signe de la main. Il remarque qu'elle s'est changée, elle porte une robe, c'était ça qu'elle faisait dans la chambre un peu plus tôt. Quand il est là, elle ne se change jamais s'ils reçoivent des amis à dîner. Elle ne peut tout de même pas essayer de séduire le compagnon de sa meilleure amie ? La porte se referme avec un fracas de bois et de verre. Puis il peut suivre ses mouvements aux lumières qui s'éteignent et s'allument : elle est montée se coucher. Elle ouvre l'armoire, elle enlève sa robe et dans le miroir de la porte qui est restée ouverte, il la voit enlever son soutien-gorge, puis sa culotte. Avant de se glisser entre les draps et que son reflet ne disparaisse, elle enfile un T-shirt. Il se demande si un jour quelqu'un d'autre a pu l'observer ainsi depuis cette grange, la lorgner, voir son corps nu, et il se met à haïr ce voyeur imaginaire.

Louis marchait sans bruit, dans le sous-bois, les feuilles mortes amortissaient ses pas, il fallait seulement ne pas faire craquer de branches. Il regardait le chien qui reniflait la terre devant lui et zigzaguait à une vitesse vertigineuse, puis l'animal s'arrêta et replia une patte comme s'il lui désignait un faisan ou des perdreaux. Louis referma son fusil. Il était trop près de la route et même des maisons d'habitation, il le savait, il aurait voulu être en plein pré et laisser le chien chasser. L'animal était comme une statue, un peu plus loin, le nez pointé, la queue droite. Louis épaula son fusil et à voix basse, s'adressant à l'animal, lui dit : « Fais voler ! » Le chien reposa la patte, puis s'avança en remuant la queue et en reniflant un objet carré. Louis abaissa son arme et se mit à marmonner (« saloperie à merde », « pointer de mes couilles », « méfie-toi que je vais t'en passer un petit coup », etc.) et vit que le chien avait trouvé une vieille valise. De rage il donna un coup de pied dedans, puis se rendit compte que la valise n'était pas si vieille que ça. Il se pencha en soufflant, enleva les quelques feuilles mortes qui s'étaient déposées sur le couvercle qu'il ouvrit sans peine. Il trouva à l'intérieur toute une collection de chemises soigneusement pliées et repassées, des chemises de qualité, ou du moins qui lui apparurent comme telles, un pantalon de costume, des chaussettes en pagaille et une trousse de toilette. « Oh, là, là, qu'est-ce que c'est encore que ce charabi ? » fit-il à voix haute, puis il découvrit sous les chemises un pull qui lui était familier, tout en restant étrange par sa forme et les motifs qui l'ornaient. D'ailleurs tout le contenu de cette valise lui faisait cet effet, on voyait bien que ce n'était pas des affaires neuves, elles avaient été portées par un homme, repassées et pliées par sa femme, toute l'organisation de ce bagage était comme l'image d'années entières de vie commune, d'habitude, d'intimité, une intimité qu'il avait presque l'impression de violer en passant ses mains tachées de terre sur les cols et les poignets impeccables. Comme lorsqu'on entre dans la salle de bains de gens qu'on connaît à peine. Tout en éprouvant une inquiétude presque irrationnelle d'avoir trouvé des vêtements propres dans le sous-bois, il continuait à se demander où il avait vu ce pull. Il plissait le front, relevait la tête vers le haut des arbres comme si ce rituel allait l'aider, et finalement l'image de l'Anglais s'imposa à lui. Il le revit les mains dans les poches, les épaules en arrière et le nez en l'air en train de se promener à Thiviers avec ce pull. Qu'est-ce ça foutait là, ça, maintenant ? On ne perd pas une valise dans un sous-bois, quelqu'un l'avait balancée là. Qui ? Pourquoi ? Des voleurs ? Il se demanda s'il existait un rapport entre cette découverte et la mort de sa sœur. Si c'était l'Anglais qui avait voulu la tuer et le faire accuser. Pourquoi ? Il ne trouva pas de réponse à cette question. Il avait pourtant le sentiment confus qu'il existait un rapport entre cette valise, les Anglais et Héloïse. Il eut peur pour eux. Il songea qu'il lui fallait trouver celui qui avait tué Héloïse, pour protéger ces braves gens. Puis ce fut comme un poids qui s'abattait sur ses épaules, et il se demanda enfin si l'Anglais était encore vivant.

Deux coups de feu très rapprochés et John ouvrit les yeux, allongé dans la paille. Au moment où il vit les poutres noires au-dessus de sa tête et perçut la faible lumière froide et fragile de l'aube, il comprit qu'on était en train de chasser à proximité. Mercredi. La veille encore, au matin, sa vie était normale, ou presque. Aujourd'hui, il se réveillait en costume dans une grange en face de chez lui et personne ne savait qu'il était là. Il se tourna sur le ventre pour regarder la fenêtre de sa chambre à coucher puis consulta sa montre. Sept heures. Georgia dormait encore. Il eut un moment d'affection mêlé de désir en imaginant son visage endormi sur l'oreiller, ses cheveux blonds qui formaient comme des vagues entre les plis du tissu. Puis il se rappela qu'elle était en train de cuver la cuite de la veille quand elle profitait de son absence pour faire la fête. Il songea encore qu'il se sentait étonnamment frais malgré les conditions épouvantables dans lesquelles il avait passé la nuit, et conclut que c'était sûrement parce qu'il n'avait pas bu la veille. Il essaya de se faire un programme pour la journée tout en se rendant compte qu'un tel projet était quasiment burlesque. Il avait du mal à évaluer ses propres sentiments. D'une certaine manière il était content de ne pas être à Londres en train de vanter à des gens insupportables les qualités de propriétés qu'il ne pourrait jamais s'offrir. Et finalement sa situation ne l'étonnait pratiquement plus, au contraire ce qui l'étonnait, c'était la facilité avec laquelle il l'acceptait comme sa nouvelle normalité. Il allait donc récupérer sa valise, mais pas avant la nuit prochaine, puisque les bois étaient infestés de chasseurs, s'introduire chez lui en l'absence de Georgia pour voler de la nourriture, les sardines dans le débarras qu'on appelait la cave dans ce pays, prendre un livre, un gros roman qui l'aiderait à passer le temps, peut-être aussi une bouteille de vin. Tout en se faisant sa liste de commissions, il admirait la lumière du jour. À dix heures, c'est-à-dire trois heures après son réveil, il ne percevait toujours aucun mouvement chez lui, Georgia dormait encore. Elle ne s'emmerdait pas, elle. Évidemment, elle n'avait rien à foutre de ses journées, parce que lui, John, eût été presque capable à ce moment-là, de se convaincre qu'il était à Londres et qu'il se tuait à la tâche. En tout cas, même si lui savait que c'était faux, elle devait être persuadée du contraire.

À onze heures, il entendit qu'elle ouvrait la porte de la cuisine, même s'il ne parvenait pas à la voir. Il mourait de faim. Elle était forcément en peignoir à se préparer des toasts. Il aperçut le chien qui sautillait dans la cour et qui s'arrêtait contre le mur de la grange pour pisser. Quelle patience. Il avait dû se retenir tout ce temps en attendant qu'elle lui ouvre. Sur sa lancée, John se remémora quelques épisodes de leur vie commune qui l'avaient prodigieusement agacé, et tendu, il se mit en position, tel un sniper, pour attendre l'arrivée de l'amant qui lui apparaissait maintenant comme une certitude.

C'est seulement sur la route, au volant de sa voiture, que Louis songea qu'il avait eu tort d'emporter la valise et que si l'Anglais était mort, ça paraîtrait plus qu'étrange qu'on trouve ses affaires en sa possession. Il songea à aller chez l'Anglaise pour lui rendre les chemises, les chaussettes et les sous-vêtements et lui demander ce qui se passait. Mais là encore, qu'est-ce qu'on dirait ? Il ne pouvait pas non plus repartir pour la remettre là où il l'avait trouvée. Il conduisait sans faire attention à la circulation (deux voitures en tout) qui venait dans l'autre sens. Il n'avait personne à qui parler. Louis était seul. Et puis on ne faisait pas confiance à un maquignon, à tel point que lui aussi se méfiait, même s'il passait son temps à raconter des histoires de con qu'il trouvait drôles quand même. Et une phrase lui revenait en tête comme une rengaine, une incantation : « Ça, ce sont des braves gens ». Il aurait eu du mal pourtant à expliquer pourquoi il éprouvait à leur égard cette affection qu'il n'avait peut-être plus pour les gens du cru qu'il avait trop vus, et lui-même ne savait pas qu'il avait trop de vie, de force, d'ambition pour ce bourg étroit. Il en avait tout de même l'intuition et hésitait à se l'avouer.

Georgia décida qu'elle ne sortirait pas de la journée. Elle s'en voulut, ce qui est assez banal, d'avoir tant bu la veille, et se prépara mille milligrammes d'aspirine dans un verre en Pyrex, qu'elle but à petites gorgées comme un cocktail tout en beurrant ses toasts et en y appliquant de la marmelade presque aussi bonne qu'en Angleterre. Il faisait frais mais beau et elle se persuada qu'une telle journée d'automne était impossible en Angleterre. Elle songea qu'elle prendrait une douche et qu'elle retournerait peut-être se coucher pour faire passer le mal de tête. Elle alluma la radio et écouta un apaisant bavardage sur les modifications génétiques. Si on lui avait demandé quel était le sujet de cette émission sur Radio 4, elle aurait été incapable de le dire, mais elle reconnaissait parfois un mot qui retenait son attention pendant une seconde et demie entre deux bouchées de toast.

John ne la vit pas de la journée, elle ne promenait pas le chien, un setter, un animal qui avait besoin de courir, de se défouler pendant des heures. Il ne pourrait même pas l'engueuler à son retour de Londres puisqu'il n'était pas censé savoir. Affamé, il descendit l'échelle et se retrouva au rez-de-chaussée. Il y découvrit un sac de granulés pour chevaux. Il en prit un et le goûta en se disant que c'était de l'herbe séchée et qu'il avait bien mangé des algues dans des restaurants japonais où l'avaient emmené des clients qui possédaient des lofts et surveillaient leur ligne. Le restaurant japonais était quand même meilleur, et il recracha ses granulés. Il y avait aussi un sac d'orge ouvert que Louis avait laissé là. Le résultat fut à peu près le même. Il avait tellement envie de fumer qu'il aurait accepté du crack si on lui en avait offert, et il décida que dès la nuit tombée, il sortirait à l'arrière de la grange et allumerait sa cigarette. À midi, comme il n'y avait que du crottin ininflammable sur le sol du rez-de-chaussée, il céda à la tentation, tout en restant aux aguets au cas où Louis viendrait rentrer ses chevaux ou chercher un des outils entreposés là qu'il examina pour passer le temps : une barre à mine, une masse d'au moins sept kilos, une pioche au manche cassé, un vieux râteau en bois comme on en accroche au plafond après les avoir vernis dans les restaurants de province. L'inspection des outils avait duré six minutes.

Toujours rien. Ce gros con de Louis qui continuait à gueuler de café en café et de village en village et personne ne parlait de la mort d'Héloïse. Personne n'avait trouvé le cadavre. Sauf peut-être Louis lui-même. Et dans ce cas… Dans ce cas, quoi ? Il avait brûlé le corps ? Dans sa cheminée ? Dans le poêle à bois ? Le vieux Desjean regardait Jean qui mangeait sa soupe tourné vers la fenêtre. Et sa femme qui ne disait rien. Personne ne disait rien. Lui, il n'en pouvait plus, il aurait voulu du bruit, des gendarmes, des gueulantes. Il se demandait s'il avait fait une erreur. Louis n'avait pas pu cacher le corps d'Héloïse comme ça. Il se levait toujours après son voisin. Il se couchait vers onze heures et même parfois minuit. Déjà trop tard pour un paysan. Il serait sorti pisser au milieu de la nuit. Non, il avait des toilettes chez lui. Comme tout le monde. On n'en était plus à l'ancien temps. Il songea brièvement à la maison de ses parents, s'accordant un répit malgré lui.

« Tu n'as pas faim ? »

C'était sa femme qui avait parlé. Et le gouya avait relevé la tête, inspecté l'assiette de soupe jaunâtre encore pleine avec les gros morceaux de pain de la veille et les vermicelles qui flottaient au milieu. Il devait se dire que c'était étrange. Le vieux Desjean se força à avaler une cuillerée, pour détourner l'attention de sa femme et de son beau-fils.

« Tu n'es pas malade ?

— Non.

— Qu'est-ce qu'il y a ?

— Rien.

— Mais…

— Rien je te dis, nom de Dieu. »

Puis il se leva et sortit sans savoir vraiment ce qu'il allait faire. Il se dirigea vers la 4L, se mit au volant et démarra.

Il décida de se garer dans un parking de chasse en retrait de la route. Puis de finir le chemin à pied en coupant à travers bois.

C'était plus long qu'il ne le pensait. Il lui fallut un

bon quart d'heure avant d'arriver en vue de la maison. Son cœur se serra quand il aperçut la fenêtre avec le rideau à carreaux et le vase plein d'eau sale, juste derrière, avec la tige de la fleur qui s'était fanée depuis longtemps. Il était complètement fou de revenir, il s'en rendait bien compte, mais il n'arrivait même plus à réfléchir. Il s'attendait presque à ce que le cadavre soit encore là, sur sa chaise. C'était pourtant lui qui l'avait emmené. Mais il avait peur, c'est tout. Il releva la chaise qu'il avait renversée lors de sa dernière visite, et qu'il avait laissée comme ça, tout encombré qu'il était du corps inerte de sa maîtresse. Il la replaça consciencieusement au bout de la table. Il avançait prudemment sans vraiment savoir pourquoi, puis il promena ses doigts sur les objets qu'il rencontrait : les assiettes dans lesquelles il avait mangé avec Héloïse, les verres. Il regarda la bouteille de pineau à sa place, encore à moitié pleine. Puis le lit avec son couvre-lit en nylon. Puis le rond de dentelle sur lequel était posé la lampe en opaline bleue sur la table de nuit. La télévision sur son meuble en Formica, le vieux réfrigérateur avec ses taches de rouille aux coins. C'était comme un album de vieilles photos ou les restes d'un bon repas joyeux qu'on retrouve le lendemain matin quand tout le monde est parti. Il en oubliait la peur qui l'avait entraîné dans cette maison. Une nouvelle sensation le prit au ventre. Il se rendait compte qu'Héloïse lui manquait.

Les jours raccourcissaient considérablement et Georgia en eut d'autant plus le sentiment qu'elle se mit à la machine à coudre au milieu de l'après-midi, arrangeant avec minutie ses épingles, ses coupons de tissu et ses bobines de fil, qui devenaient un monde auquel Radio 4 prêtait sa voix anglaise. C'était là le rituel du soir, il faisait sombre dans la cuisine et elle éprouva un moment de découragement, c'était comme si le jour ne se levait plus. Ou durait juste le temps de lui faire comprendre qu'elle avait mal à la tête et qu'elle était seule. Le chien, qui tournait en rond et réclamait sa promenade, avait fini par l'agacer ; quand il mettait ses deux pattes sur ses genoux, elle le repoussait avec impatience.

L'impatience et le sentiment que les jours raccourcissaient, c'était aussi ce que vivait John au même moment. Mais le soir qui tombait était un soulagement. Il ne lui restait plus que trois cigarettes. Évidemment, il avait prévu d'en racheter à Londres, ou même à Paris, au changement de train, et là, il n'y avait rien d'autre à faire que de fumer. Il avait calculé que le mieux serait d'aller récupérer sa valise, avec le livre dedans, vers les huit ou neuf heures, quand tout le monde mangerait et qu'il ferait noir. Plus qu'une heure à attendre. Il s'offrit une cigarette.

Le vieux Desjean, lui, était allé boire un coup après avoir quitté Jean. Il était seul au bar et c'était tant mieux. Il avait bu un Ricard, puis un autre, puis un troisième. Il tenait le coup. Il regarda sa montre, huit heures. Le petit était déjà dans les jupes de sa mère à attendre le repas. Desjean n'avait pas envie de rentrer. Le patron ne faisait pas attention à lui. Il lui tournait le dos et, appuyé au bar d'une main, le torchon sur l'épaule, il levait la tête pour regarder un feuilleton sur la télévision accrochée dans le coin, juste sous le plafond à côté d'une fille sortie d'un *Playboy* ou d'un *Lui* et de coupes diverses posées sur une étagère, remportées on ne savait plus pour quoi. Il décida, ou plutôt, le Ricard décida à sa place qu'il irait faire une visite de courtoisie chez les Pauillac. Comme ça. Pour voir s'ils avaient enfin des nouvelles de leur fille par exemple. Héloïse. Il en était au neuvième Ricard.

Il fit marche arrière et évita le mur par un de ces miracles courants chez les ivrognes et qui prolongent considérablement leur existence. Les phares balayaient le sous-bois à chaque tournant. Il n'était pourtant pas loin, il suffisait de remonter un kilomètre le long de la colline pour arriver sur le plateau où se trouvait le hameau. La fatigue et l'alcool donnaient des formes étranges aux fougères et aux branches, les flaques d'eau renvoyaient parfois un reflet de lumière jaune. Il s'était mis à pleuvoir, un voile de bruine qui déposait des perles sur le pare-brise et déformaient encore tout ce que la forêt cachait à demi.

Puis il freina brusquement et se cogna le front contre le volant en poussant un juron. L'essuie-glace balayait de façon exaspérante tout ce qui s'offrait à sa vue. Penché en avant, il cherchait à retrouver ce qui venait de lui apparaître et qui n'était plus là. La silhouette d'un homme dans un imperméable de ville, qui courait maladroitement en glissant et qui avait été comme effacée l'instant d'après. Il tourna la tête sur la droite et crut encore voir ce personnage assez grand, qui se fondait à un tronc d'arbre. Une épaule, l'esquisse d'un profil, rien de plus. Et encore… Au bout d'une fraction de seconde, il n'était plus resté devant lui que la forêt. Il dut bien s'avouer qu'il était un peu saoul. Un frisson le parcourut comme il se demandait qui le pourchassait encore. Puis il resta hébété en se rendant compte de l'ampleur de la peur qu'il venait d'éprouver. Il redémarra et, au bout d'une centaine de mètres, tourna dans la cour des Pauillac.

John était allongé par terre sur la terre humide. Il haletait, bouche ouverte, le visage à quelques centimètres à peine du tapis de feuilles mortes, de fougères rousses et d'aiguilles de pin noyées dans le noir. Il n'avait que le pré à traverser, et il avait fallu qu'une voiture arrive à ce moment-là. Le type l'avait vu puisqu'il s'était arrêté. Restait à savoir s'il avait été reconnu. Au bout de très peu de temps, la voiture avait redémarré. Elle avait disparu derrière la grange des deux « cousines », puis il ne l'avait pas revue sur la route de Saint-Pierre de l'autre côté du village. Plusieurs solutions s'offraient à lui. Le conducteur s'était arrêté chez les Pauillac. Ou chez lui. Il était allé voir Georgia. Son amant ? Il serrait les dents et les poings, puis il se prit le visage dans les mains et fut tenté de pleurer sur son sort, sur le froid, sur Georgia, sur les feuilles mortes.

Il se releva d'un bond et repartit dans la direction de sa maison en courant, hésitant au milieu du pré. Et si ce n'était pas l'amant de Georgia, et si elle, sortant à ce moment, le voyait là comme ça ? Il ne s'était pas regardé dans une glace depuis plus de vingt-quatre heures, mais il n'avait pas de mal à imaginer qu'il devait ressembler à quelque chose d'assez proche d'un loup-garou, avec sa barbe qui avait poussé, son costume crasseux, ses cheveux décoiffés pleins de paille. Il reprit son chemin en courant de plus belle. Il contourna la grange, passa par la porte de derrière, et remonta à l'étage. Il n'y avait pas d'autre voiture que la sienne devant la maison. Il poussa un profond soupir. Il ne savait pas ce qui était le plus décourageant. Passer une nuit dans ses vêtements trempés et peut-être attendre encore toute une journée ou refaire ce parcours de commando de nuit pour retrouver sa valise. Il resta étendu sur le dos dans la paille, à sentir les gouttes d'eau ruisseler entre ses omoplates. Puis il se leva et se dirigea à nouveau vers l'échelle.

Dès qu'il entra après avoir frappé à la porte sans attendre de réponse, les Pauillac virent que Desjean était saoul.

« Té, salut », cria le père Pauillac après un temps d'hésitation et avec une jovialité forcée. Puis il l'invita à s'asseoir en tirant bruyamment une chaise.

L'autre prit place et allait répondre quand il vit que l'Anglaise était assise là avec les Pauillac. Il ouvrit la bouche puis sourit lentement, c'était presque une grimace que l'alcool faisait paraître lubrique. Elle tourna les yeux vers madame Pauillac comme si elle demandait de l'aide. Celle-ci s'essuyait les mains à son torchon et son regard allait de Desjean à son mari puis à Georgia.

« Alors vous avez de la visite, fit Desjean.

— Ben tu vois. C'est la soirée. Et toi ? Tu manges pas chez toi à cette heure-ci ? » demanda le père Pauillac en faisant passer cette remarque pour une plaisanterie un peu brusque.

Desjean était trop abruti de Ricard pour trouver une réponse équivalente, il haussa les épaules et demanda :

« Alors, tu ne me sers pas un Ricassou ?

— On dirait bien que c'est pas le premier que tu te fais servir, fit la mère Pauillac en s'exécutant quand même.

— C'est notre voisine, madame Georgia, dit le père Pauillac, reprenant le protocole là où il avait été interrompu.

— Mais on se connaît, dis donc, puisqu'on s'est déjà vu chez toi.

— C'est vrai, reprit la mère Pauillac avec une fausse gaieté. Et même que monsieur John était là.

— Et où il est, là ? demanda Desjean.

— Il est parti travailler, à Londres, en Angleterre. Il travaille là-bas tous les mois, dans l'immobilier, hein, Georgia ? Alors on a invité notre voisine à dîner comme tu vois », conclut le père Pauillac en désignant les assiettes pleines qu'on ne touchait plus depuis que Desjean était entré.

La mère Pauillac fusilla son mari du regard, il le remarqua mais ne comprit pas que c'était parce qu'il en avait trop dit.

« Oh, mais c'est pas bien drôle d'être comme ça toute seule, fit Desjean avec un accent qui se voulait paternel et qui parut obscène. Il revient quand ?

— Après-demain. »

Georgia n'avait pas eu d'autre choix que de répondre. Peut-être aurait-elle dû dire demain. Elle ne s'était pas donné le temps de réfléchir. Et même si ce personnage lui avait toujours été déplaisant, elle ne voyait pas non plus de raison de faire preuve d'une méfiance excessive.

« Ta femme sait que tu es là ? » demanda le père Pauillac qui devinait la réponse.

Desjean poussa un grognement qu'il accompagna d'un autre haussement d'épaules. Il n'avait toujours pas touché au verre posé devant lui.

« Dis donc, tu vas rentrer dans cet état ? demanda la mère Pauillac.

— T'occupe pas, va. »

Son regard allait de ses mains à Georgia, s'attardait sur sa poitrine. Et elle baissait les yeux, les mains croisées sur ses genoux. Parfois le père Desjean dodelinait de la tête. On ne savait pas pourquoi. Même le vieux chien lové dans son panier à côté de la cuisinière le considérait avec un certain dégoût. Peut-être était-ce parce qu'il croisa le regard de l'animal, il prit son verre et le vida d'un trait en se levant.

« Bon allez ! »

C'était une façon de dire qu'il se rendait à l'évidence et que puisqu'il n'était pas le bienvenu… Presque une menace.

« Merci pour le Ricassou. Mais, hé, méfiez-vous quand même. Vous savez pas ? En venant, j'ai vu un type qui traversait le pré sous la pluie. Il y a des rôdeurs, alors… »

Il chercha à finir sa phrase et ne trouva rien d'autre que la répétition de « méfiez-vous » qui traduisait au mieux ses pensées. Puis il passa la porte et le chien se mit enfin à aboyer.

« Je vous ressers à boire un peu de vin, madame Georgia ? » demanda le père Pauillac.

Était-ce une illusion, ou la pluie tombait-elle plus dru que lors de sa première sortie ? Il avait traversé le pré sans encombre cette fois et il tâtonnait dans la forêt d'un arbre à l'autre à la recherche de sa valise. Il se tordait la cheville tous les trois pas, et se retenait de pousser des cris de surprise ou de douleur. Les branches craquaient sous ses pieds, mais le ruissellement incessant des gouttes de pluie dans les arbres tombant d'une feuille à l'autre devait couvrir sans peine ces bruits. Il n'y voyait rien. Rien du tout. À peine si le ciel apparaissait légèrement plus gris que le bois. Il alluma son briquet qui forma un rond de lumière jaune d'une circonférence de cinq centimètres à peu près. Quand cette faible lueur lui permit de distinguer vaguement la forme d'une fougère ou deux, il se brûla les doigts et décida de rebrousser chemin.

La paille de la grange lui parut presque confortable après le bois. Il entendit des pas. Un rythme reconnaissable entre mille. Il s'approcha de la fenêtre et aperçut la silhouette de Georgia. Qu'est-ce qu'elle faisait là ? Il ne l'avait même pas vue sortir. Elle avait dû aller se promener quand il était parti la première fois dans le bois. Son dos se changea en glace à la pensée qu'elle aurait pu le voir. Il en avait du mal à respirer. Se promener à cette heure ? Elle était devenue folle. Il tremblait de froid. Quand elle fut rentrée à la maison, il descendit en bas de l'échelle et chercha quelque chose pour se couvrir, il trouva finalement une bâche en plastique recouvrant un ustensile agricole compliqué dont il ne connaissait pas l'usage. Ça ferait l'affaire, et il tira derrière lui cette immense masse de plastique noire comme une chauve-souris géante qui retrouverait sa poutre préférée pour s'y accrocher. Il emporta également une poignée d'orge et la mâcha pendant des heures, si seulement il avait trouvé un épi de maïs cru, il l'aurait grignoté avec un plaisir indicible comme un cochon dans son auge. Puis il s'endormit comme un nouveau-né au fond de son étable.

Desjean aussi dormit profondément cette nuit-là en émettant des ronflements gutturaux, profonds et sonores qui lui valurent au cours de la nuit au moins trois coups de coude entre les omoplates. Il ne rêva pas, et fut réveillé par les bruits que faisaient sa femme et Jean dans la cuisine. Les bruits écœurants du petit matin, toute cette agitation autour des bols légèrement ébréchés, toujours les mêmes depuis des années, les tranches de pain et la confiture trop sucrée, les mêmes poses et les mêmes mots. Il s'assit sur le bord du lit et eut l'impression d'être sur un bateau au milieu de la tempête. Une expérience nouvelle pour ce Périgourdin qui avait vu la mer peut-être deux fois dans sa vie. Il enfila ses vêtements sans se laver. Les efforts qu'il déployait pour mettre ses chaussettes, passer son débardeur, l'empêchaient de réfléchir. Il plongea la main dans la poche de son pantalon bleu délavé et vérifia que son couteau n'était pas tombé. Une fois rassuré, il repensa aux événements de la veille et secoua la tête malgré la douleur que lui infligeait ce mouvement. Quelle idée lui avait pris d'aller chez les Pauillac dans cet état après ce qu'il avait fait. Il en ressentait une honte épouvantable qu'il effaça par un sourire douloureux. Avec cette blonde qui était là. Qui vivait dans sa maison à lui. Puis il repensa à ce qu'avait dit le père Pauillac. Que le mari partait des semaines entières, en Angleterre, à Londres. Il se leva en s'appuyant au montant du lit, puis fit quelques pas en direction de la porte. Il entendait la mère et le fils qui discutaient en bas, mais il ne distinguait pas leurs paroles.

Jean vit d'abord ses jambes qui apparaissaient dans l'escalier.

« T'étais dans un bel état hier soir. J'ai entendu que tu te cognais à tous les murs.

— Jean ! » fit sa mère avec mollesse,

secrètement satisfaite que quelqu'un se charge de réprimander son mari pour son ivresse.

Le vieux Desjean se dirigea vers l'évier de la cuisine et se passa la tête sous le robinet d'eau froide.

« Pas dans la cuisine, fit sa femme, toujours aussi mollement. La salle de bains ! »

Il gardait de son enfance une méfiance des salles de bains et des ballons d'eau chaude, sans parler des sèche-serviettes. Il avait bien fallu céder puisqu'elle l'avait exigé et donner à ce salopard de Favre une vraie fortune pour l'installation, parce qu'elle tenait à faire appel à un professionnel et qu'elle avait refusé sa proposition de tout faire lui-même pour économiser.

« T'étais où, alors ? demanda Jean sur le même ton agressif.

— Ho !

— Tu ne peux pas nous le dire ?

— J'ai bu un coup chez les Pauillac, si vous voulez savoir, dit-il, car il sentait que sa femme elle aussi attendait une réponse.

— Tu aurais pu prévenir, téléphoner, dit-elle.

— Jean, fit-il, tu pourrais apporter une bouteille aux Pauillac pour les remercier. Je n'ai pas le temps aujourd'hui. »

Jean comprit qu'il était gêné et qu'il l'envoyait faire un geste pour s'excuser sans oser se montrer lui-même, et il s'autorisa quelques secondes de compassion distante pour cet homme qui était presque un vieillard et venait de parler avec une maladresse bourrue et finalement touchante.

Le téléphone. Il n'aurait su dire pourquoi, mais ce fut la première pensée de John au réveil. Il avait reproché à Georgia de ne pas l'appeler à Londres chez Jonathan. Si seulement il avait eu un téléphone portable, elle l'aurait appelé dans la grange, ça aurait presque pu être drôle et il aurait inventé tout un tas de choses sur ses rendez-vous à Londres sans quitter des yeux la maison. Il faudrait qu'il appelle, en l'absence de Georgia et laisse un message sur le répondeur expliquant qu'il ne serait pas joignable. La cabine téléphonique la plus proche était en plein Villars. Impensable. Quand à la suivante, elle devait être au mieux à une vingtaine de kilomètres.

Mais pour alléger son angoisse momentanément, il eut droit à un miracle. Il entendit la porte de la cuisine qui s'ouvrait et Georgia qui sortait, habillée, fraîche et dispose. Il la suivit des yeux tandis qu'elle sortait de la cour et faisait un signe de la main à quelqu'un qui n'était pas dans le champ de vision qu'offrait la fenêtre de la grange. Il reconnut la voix de la mère Pauillac.

« Vous êtes bien rentrée. C'est pas bien loin.

— Je n'ai pas eu de problème.

— Il ne faut pas vous inquiéter pour Desjean, il n'est pas souvent comme ça. Il est plutôt le brave gars, vous savez. »

Même la mère Pauillac n'y croyait pas vraiment, mais il fallait bien dire quelque chose.

« Non, non, ce n'est pas grave.

— Vous partez ?

— À Ribérac.

— Oh, alors vous en avez pour un moment. Bonne journée.

— Merci. »

Puis un autre signe de la main.

Ribérac ? Ils n'allaient jamais à Ribérac. Qu'est-ce qui lui prenait tout d'un coup ? Elle ne faisait quand même pas du tourisme, maintenant. Hier soir, elle rentrait donc de chez les Pauillac. Pourquoi pas. Mais qu'est-ce que c'était cette histoire de Desjean qui était finalement un « brave gars », qui avait fait quelque chose de « pas grave » ? Il essaya de mettre un visage sur ce nom, au milieu de toute la confusion de ces sonorités étrangères. Il lui fallait faire des efforts considérables pour que ces mots nouveaux désignent précisément telle ou telle personne. Il se répéta ces deux syllabes qui ne voulaient rien dire quand finalement il trouva : ce père et ce fils, taciturnes tous les deux qu'on voyait parfois dans le hameau. Bien sûr ! C'était à eux qu'ils avaient acheté le bois et le fils était venu livrer. Il se le rappelait clairement maintenant. Un paysan, musclé, au teint sombre, aux cheveux noirs avec des faux airs de ténébreux. John ne parvint tout de même pas à se dire au milieu de ses souvenirs que Jean Desjean était beau, mais c'était comme une arrière-pensée qui lui donnait la nausée tandis qu'il entendait à nouveau les paroles que Georgia et la mère Pauillac avaient échangées. « C'est pas grave », « Faut pas vous inquiéter ». Il se demanda encore duquel des deux Desjean elles avaient parlé. Il vit Georgia se diriger vers la voiture et l'entendit démarrer. Ribérac. Il avait au moins trois heures et demie ou quatre heures devant lui. Enfin. Pourvu que la vieille Pauillac ne traîne pas toute la journée dans le coin. Il aurait le temps de se précipiter chez lui et de faire tout ce qu'il voulait faire depuis qu'il était « parti pour Londres », songea-t-il avec un sourire sans joie, presque haineux.

Plié en deux, il traversa le chemin entre la porte de la grange, qu'il avait à peine ouverte, et la cour de sa maison, puis entra dans la cuisine. Comme d'habitude, elle était partie sans fermer à clef. Il se précipita sur une bouteille d'eau minérale et en but la moitié en deux ou trois gorgées, puis il alla ouvrir le réfrigérateur, saisit le fromage à pleines mains (du roquefort dont ses doigts allaient garder l'odeur pendant les douze heures à venir) et il se mit à le dévorer comme s'il en voyait pour la première fois. Il mordit dans le pain, puis il mangea une pomme en quatre bouchées, en la faisant tourner sur ses dents, sans même l'éloigner de sa bouche. Il était oppressé, il respirait à toute vitesse et ne prenait pas le temps de souffler entre ce qu'il buvait et ce qu'il mangeait. Puis son sang se glaça. Il entendit comme un mouvement derrière lui et quelqu'un qui poussait la porte. Il resta pétrifié, une main pleine de roquefort, l'autre serrée autour de la bouteille d'eau minérale et les lèvres déjà entrouvertes. Puis un grognement qui se changea au bout de quelques secondes en un aboiement timide. Le chien ! Elle était partie sans le chien ! Et il le sentait de l'autre côté de la porte. Il reposa la bouteille et se passa la main dans les cheveux. Il ouvrit la porte et l'animal se mit à sauter dans tous les sens, à japper, à agiter la queue dans une de ces démonstrations d'affection que, pour la première fois, John trouva agaçante. Il repoussait distraitement le chien pour essayer de réfléchir à ce qu'il allait faire. D'abord les vêtements. Il monta les escaliers en courant et déboucha dans sa chambre comme s'il venait éteindre un feu. Il aperçut son reflet dans la glace de la garde-robe et en fut presque effrayé. La crasse, la fatigue et la barbe se partageaient son visage. Il avait les yeux cernés, des marques noires sur le front, de la poussière sans doute. Il avança lentement vers lui-même, consterné par ce qu'il venait de voir. Il se demanda s'il était en train de devenir fou, il en avait en tout cas l'apparence, au point d'en être comique. Et à cette pensée, un sourire en coin se dessina sur ses lèvres. Il avait les dents grises. Il aurait pu se donner des gifles. En se détournant pour ne plus avoir à s'observer, il vit son lit, le lit de Georgia, les draps blancs légèrement froissés par les mouvements de sa femme qui s'était tournée dans son sommeil, là, toute seule. Elle n'avait pas rabattu la couette après s'être levée. Il se pencha vers l'oreiller, crut reconnaître l'odeur de Georgia et éclata en sanglots, à genoux en serrant l'étoffe dans son poing propre. Au bout de quelques secondes qu'il passa à pleurer aussi silencieusement que possible, il sentit un objet râpeux et mouillé sur sa joue : c'était le chien qui venait le consoler en lui donnant des coups de langue et en le flairant. John lui posa la main sur la tête. Le caressa machinalement et sourit à l'animal qui posa ses deux pattes sur ses épaules et continua à lécher sa chemise, ses mains, son visage. Il le repoussa et alla choisir dans le placard des vêtements qu'il portait rarement et qui auraient constitué une tenue acceptable pour Londres. Il les plia soigneusement avec l'intention de les mettre dans un sac en plastique quand il repasserait par la cuisine. Il prit une chemise, un pull en coton bleu et blanc qui, aux dires de Georgia, ne lui allait pas mais qui devrait bien faire l'affaire, des chaussettes propres, un caleçon. Il songea en passant qu'il faudrait à un moment ou à un autre récupérer cette foutue valise et retrouver l'endroit exact où il l'avait posée. Il n'avait plus rien à faire dans la chambre, il redescendit et vit le téléphone sur sa petite table. Ses pensées du matin lui revinrent. Il composa frénétiquement le numéro de Jonathan qu'il connaissait par cœur. Le chien était toujours sur ses talons, à renifler et à tourner en rond, à donner des coups dans les portes et les meubles en agitant la queue. Pendant que John écoutait la sonnerie du téléphone, là-bas à Londres, le chien s'était mis sur ses pattes arrière et, tout en s'appuyant sur le dos de son maître, lui donnait des coups de langue dans l'oreille. John le repoussait en marmonnant des jurons et finalement lui donna un coup de pied. Le chien alla s'asseoir dans un coin et le regarda avec des yeux de miséreux, entre la tristesse et le reproche. Au bout de la quatrième sonnerie, John entendit la voix de Jonathan, le message du répondeur auquel John répondit : « Allo ? Jonathan ? Tu n'es pas là. C'est moi, John. Je voulais te dire, excuse-moi de ne pas t'avoir appelé plus tôt. Je… Je ne peux pas venir à Londres cette fois. J'ai un euh.. problème. Un problème grave. Mais s'il te plaît, si Georgia appelle, dis lui simplement que je suis sorti avec euh… des clients et que je la rappellerai. Tu lui dis que tout va bien et que tu m'as vu et tout ça. Je t'en prie… »

À ce moment-là, le répondeur s'arrêta automatiquement. Il refit le numéro et reprit là où il avait été interrompu. « Oui, donc c'est encore moi. Voilà pour l'essentiel. Ça doit être surprenant. Mais je t'expliquerai. C'est rien de grave. Enfin, pas trop grave, mais bon. Tu vois. Merci. Au revoir. Je te rappellerai. Au revoir. Surtout n'appelle pas ici. Je veux dire chez moi, en France. Au revoir. »

Il écouta les messages sur son répondeur pour voir si Jonathan n'avait pas déjà téléphoné. Il n'y en avait qu'un seul, c'était Helen qui confirmait qu'elle venait bien dîner avec Dave. Le message datait de la veille dans l'après-midi, Jonathan n'aurait pas appelé avant et visiblement il ne l'avait pas fait non plus ultérieurement. Au moins un miracle dans tout ça. Puis le téléphone se mit à sonner. Il resta immobile à regarder l'appareil, terrifié sans vraiment comprendre pourquoi. Il mourait d'envie de savoir qui appelait. C'était impossible, il passa dans la cuisine. Il était tenté de se doucher, de se raser, en tout cas de se laver les dents. Mais il ne fallait pas y penser. Si Georgia n'était pas particulièrement méticuleuse, elle n'en était pas moins observatrice et elle serait capable de repérer les traces d'un passage dans sa salle de bains entre les flacons de shampoing démêlant et les crèmes, et même son maquillage, puisqu'il avait appris qu'elle se maquillait.

Décidément ! Il entra dans la cuisine, puis retourna immédiatement sur ses pas. Il allait oublier. Un livre. Il le glissa dans la poche intérieure de son imperméable. Puis il choisit des victuailles dans ce qu'on appelle la cave en Périgord, une sorte de remise sombre et humide derrière la cuisine. Il prit des boîtes de conserve dont Georgia ne remarquerait pas l'absence, puis une bouteille de vin. Il y en avait trois sur l'étagère. Avec peu de chance elle penserait qu'ils avaient bu plus qu'elle ne l'avait cru avec Helen et Dave. De toute manière, elle ne pouvait pas penser autre chose, comment pourrait-elle imaginer la vérité de ce qui se passait chez elle ? Il avait dû passer à peine un quart d'heure à cambrioler sa propre maison, mais il craignait de s'attarder plus longtemps, même s'il savait qu'en toute logique elle ne reviendrait pas avant encore un bon moment. Mais il ne se voyait pas en train d'allumer la télévision et de s'installer tranquillement dans un fauteuil. Pourtant il en aurait eu envie. Et le chien qui était toujours là, s'était relevé et trottinait derrière lui, le suivant pas à pas. Il l'enferma dans la petite pièce où se trouvait le téléphone. Et équipé de ses deux cabas, ses « pochons » comme disaient les voisins, un dans chaque main, avec sa nourriture et la bouteille qui dépassait, et les vêtements d'autre part, il retraversa la cour dans son imperméable et son costume et se retrouva dans la grange. Même à cette distance, il percevait les aboiements du chien qui appelait, pleurait, geignait. Il remonta en haut de l'échelle et retrouva cette paille qui était maintenant la sienne et dans laquelle il s'était creusé un lit comme un animal.

Il entendit un grattement et la porte qui tremblait en bas, puis à nouveau des jappements, comme des éternuements étouffés. Il avait dû mal fermer la porte et le chien l'avait suivi. Il savait qu'il était dans cette grange et maintenant il se mettait à aboyer. Tout le village allait l'entendre. John se prit la tête à deux mains, se boucha les oreilles, il crut qu'il allait se mettre à hurler. Un moteur au loin. Toutes ces voitures, ces tracteurs, ces engins, tous ces gens qui vont et qui viennent sans cesse. Il redescendit l'échelle avec une agilité qu'il ne se connaissait pas, fit un bon pour aller plus vite puis ouvrit la porte, le chien s'engouffra dans la grange et se mit sur ses pattes arrière, il lui faisait la fête, avec sa langue pendante et son air idiot. Il aboyait pour exprimer cette affection excessive et parfois exaspérante tant elle est injustifiée de tous les chiens pour leur maître, et lui, John était là à répéter d'un air sévère : « Gulliver ! Gulliver ! Tais-toi. Couché. » (Gulliver ? Où étaient-ils allés chercher un nom aussi ridicule ?) Le chien faisait des bonds, en avant, en arrière, sur le côté, il voulait jouer, agitait la queue, partait au grand galop au fond de la grange, se cognait à un seau qu'il faisait tomber avec un bruit métallique assourdissant puis aboyait, le museau au sol, le derrière en l'air. John crut entendre des pas à l'extérieur. Une illusion peut-être. Et John éprouvait toujours cette même peur que lorsqu'il avait traversé les prés sous la pluie la nuit, la peur d'être découvert chez lui dans sa cuisine. En serrant les dents et en grognant lui-même comme un chien, il demanda encore une fois à l'animal de se taire. La peur se transformait en une rage et une colère qu'il n'avait jamais éprouvées auparavant pour ce chien. Il fit trois pas, l'animal lui échappa, jouant toujours. À ce moment, il saisit la masse à manche de bois. Il la leva. Ce n'était que pour menacer le chien, songerait-il plus tard. Puis ne sachant plus ce qu'il faisait, il l'abattit sur le front de l'animal. Il entendit un cri étranglé, le chien agitait ses pattes et se tordait avec des mouvements convulsifs. Il frappa à nouveau, un bruit sourd, c'était le crâne long et fin du setter qui venait de craquer. Puis, pris de frénésie, John donna encore deux coups. Quand il s'arrêta, la tête du chien avait disparu, il n'en restait plus qu'une bouillie rouge parsemée de poils blancs et gris bleutés. Il laissa tomber la masse à ses pieds, et regarda le cadavre de son chien, puis au bout de quelques secondes, pendant lesquelles il essayait peut-être de se remémorer ce qu'il venait de faire, il alla vomir dans le coin de la grange. Sans trouver la force de remonter, il s'assit par terre sur la paille décomposée en poussière mélangée au crottin de cheval, à quelques mètres à peine du setter sans tête. Et il se mit à sangloter pour la deuxième fois de la journée aussi silencieusement que possible.

« Jean ! »

Il se retourna brusquement parce que ce cri avait quelque chose de menaçant, on n'employait jamais ce ton quand on le saluait. Il se retourna et vit Louis à l'entrée de la stabu où se trouvaient les chèvres. Il arrêta le moulin à grain après un temps d'hésitation qui pouvait facilement passer pour une impolitesse. La courroie de caoutchouc ralentit lentement et se détacha finalement d'une des deux roues. Il s'essuya le front et y laissa une marque noire, puis se frotta la main contre le pantalon. Il n'avait toujours rien dit, juste un hochement de tête tandis qu'il se demandait ce que Louis venait faire là.

« Bonjour, ça va ?

— J'ai à te parler.

— Ah ? »

Il ne l'avait même pas salué.

« Et de quoi ? Si c'est pour acheter des bêtes, vaut mieux que tu voies mon père.

— T'inquiètes pas des bêtes, c'est autre chose. Et il va falloir que tu me parles, je ne vais pas repartir comme ça sans rien savoir. »

Jean Desjean haussa les sourcils, et enfonça ses mains dans ses poches en relevant légèrement les épaules.

« Toi ou ton père, vous fabriquez quelque chose, je veux savoir quoi. »

Jean resta immobile, sans broncher et pendant que leurs regards se croisaient, il se demanda ce que Louis pouvait savoir exactement. Est-ce que lui aussi avait vu le vieux entrer chez les Anglais ? Ou était-ce encore autre chose que Louis lui-même ne savait pas ?

« Qu'est-ce que tu racontes ? Tu te fais gendarme maintenant ?

— Fais pas le con avec moi, Jean. Méfie-toi.

— Oh dis donc, pour qui tu te prends à venir m'emmerder là, tu me menaces ?

— Dis-moi ce qui se passe !

— Quoi ? Qu'est-ce qui se passe ?

— Dis-le-moi.

— Merde.

— Attention, parce que figure-toi qu'on t'a vu foutre une rouste à ton père.

— Et c'est tes oignons. D'abord c'est pas mon père. Même tant mieux. C'est un tocard. Mais toi, s'il te plaît, tu te mêles pas de mes affaires. T'as compris ?

— Et qu'est-ce qu'il foutait sur la route de Saint-Jean ?

— Est-ce que je sais moi ? »

Louis vit qu'il n'y avait rien à en tirer. Il ne voulait pas parler de sa sœur. Parce qu'il commençait à se demander si le gouya n'y était pas pour quelque chose.

« Méfie-toi quand même.

— De qui ? De toi ?

— Non pas tant de moi, pauvre connaud, que de ton père.

— Mon père est mort.

— Tu m'as compris. C'est dommage que tu ne me parles pas, Jean », conclut Louis sur un ton plus doux qui laissa son interlocuteur perplexe.

Combien de temps s'était écoulé ? Il n'aurait su le dire, il espérait que quelque chose le sortirait de sa torpeur, il sentait confusément qu'il fallait bouger, agir, continuer plus loin encore dans l'absurdité, le crime et l'ordure, mais surtout il fallait échapper à cette immobilité. Il attendait toujours, assis par terre, les deux jambes allongées devant lui, les bras ballants comme un idiot de village, dans son costume et son imperméable, un pantin, une vieille marionnette au fond d'un grenier qui prend la poussière et s'étiole. Puis ce qu'il appelait de tous ses vœux arriva. Un bruit, un craquement, un crissement, un grincement qui lui fit lever les yeux, et jeter un regard sur la carcasse du chien. Le bruit lui fit comprendre que la vie continuait à l'extérieur de cette grange, lui rappelant ainsi qu'il n'avait rien à faire là et qu'il était bien obligé de continuer à se cacher, d'autant plus qu'il venait de tuer, même si ce n'était qu'un animal. Si seulement Georgia avait emmené le chien… Il avait bien vu qu'elle ne savait pas s'en occuper quand il n'était pas là. Pauvre Gulliver. Un autre bruit au-dehors. Il se leva. Si Louis entrait dans la grange… Ou un autre. Peu importait qui. Il saisit une des pattes arrière du chien et traîna le corps sur le sol, comme si ce n'était là qu'un animal de boucherie, comme s'il avait déjà oublié que c'était son chien qu'il manipulait ainsi. Il agissait avec une rage grandissante en repensant à la négligence de Georgia comme si c'était sa faute, comme si c'était elle qui l'avait obligé à le tuer. Tenant toujours son fardeau par une patte, il se mit à gravir l'échelle. Le sang tachait la poussière, il reviendrait plus tard remuer tout ça pour effacer les traces. Il montait un échelon puis tirait d'un geste sec et hissait le cadavre. Il l'emporta à l'autre bout de la grange près du mur, assez loin toutefois de l'endroit qu'il s'était choisi pour se creuser un lit. Il recouvrit le chien de paille et partit s'asseoir le plus loin possible, parce qu'il avait maintenant peur de cette carcasse avec laquelle il partageait son refuge.

Jean Desjean repensait aux paroles de Louis. Il avait eu tort de réagir comme ça, mais l'autre s'y était mal pris. Qui avait bien pu le voir casser la gueule à son beau-père ? Louis en personne ? Possible, puisqu'il fouinait tout le temps. Mais il n'était pas non plus du genre à se dissimuler, s'il les avait vus, il l'aurait dit. Il jeta un coup d'œil vers les arbres de l'autre côté de la colline, au-dessus du pré où traînaient les vaches d'un voisin. On ne voyait personne, on entendait parfois le croassement d'un corbeau, un beuglement, un ronronnement de moteur dans le lointain, mais tout semblait désert, et pourtant on ne pouvait pas se déplacer dans ce paysage sans être vu. Même lui qui passait sa vie à se cacher, à ne pas parler, à faire la gueule à tout le monde… Il soupçonnait parfois tous les habitants du bourg de connaître jusqu'à ses sentiments les plus secrets. Il n'avait envie de parler à personne, et finalement, ce n'était même pas la peine, même les gens auxquels il ne se serait jamais confié savaient tout. Il baissa la tête et donna un coup de pied dans une motte de terre avant de respirer profondément et de laisser échapper un soupir. Louis le mettait en garde contre son beau-père. Tu parles ! Quelle grande gueule celui-là. Qui croyait tout savoir, tout le temps. Et pourtant… Jean ne comprenait pas lui-même sa réaction, presque défensive envers le vieux. Il l'aurait tué, ça il le savait, il s'en rendait compte, mais il ne voulait pas que tous ces gens qu'on ne voyait pas et qui hantaient les bois, les prés, les hameaux et les bourgs viennent s'en mêler. Il s'arrêta de réfléchir avant de devoir s'avouer qu'il avait peut-être de l'affection pour le vieux et que s'il le tuait un jour ce serait avec… compassion ? regret ? amour ? Le mot adéquat n'aurait jamais pu se présenter à lui.

Les rats, les corbeaux, les chauves-souris, les vers, toute une ménagerie fantastique et réelle se présentait à son esprit depuis qu'il vivait à quelques mètres d'un cadavre, parce que Gulliver, son chien familier, avait maintenant rejoint ce monde, appartenait à cette faune. Il était recroquevillé dans son coin de la grange, à regarder par la fenêtre vers sa maison où il ne se passait toujours rien. Il n'osait pas tourner ses regards vers la tombe de paille du chien, il craignait de voir apparaître ou d'entendre tous ces animaux qui vivent de la mort, comme si le chien, devenu cette chose sans tête les appelait. Il regarda sa montre, il était cinq heures. Georgia n'était toujours pas rentrée, mais au moins les aiguilles du cadran lui évoquaient une réalité rassurante, les horaires, les heures, les minutes, la mesure des jours normaux. Il descendit au rez-de-chaussée pour échapper aux animaux infernaux qui veillaient son chien et allumer une cigarette.

Il voulut ouvrir la bouteille de vin qu'il avait rapportée de chez lui et se rendit compte qu'il n'avait pas emporté le tire-bouchon. Il était beaucoup trop tard pour retraverser le chemin et la cour puis entrer dans la cuisine pour aller le chercher. Contrairement aux paysans, il n'avait pas de couteau dans la poche. Il arracha le plastique rouge qui entourait le goulot et resta à regarder le bouchon comme un singe dont on teste l'intelligence dans un laboratoire. Il tourna dans la grange à la recherche d'un outil de remplacement. Il s'énerva contre lui-même, puis contre les agriculteurs qui n'entreposaient pas de tire-bouchons dans les granges, contre Georgia pour aucune raison précise, si ce n'est que c'était elle qui avait son tire-bouchon à lui et que son arrivée imminente l'empêchait de mettre la main dessus. Finalement, dans sa colère, il cassa le goulot contre le mur. Le vin lui coula sur les doigts et des éclats de verre tombèrent au fond de la bouteille. Il n'avait pas non plus de récipient pour boire. Il posa le haut de la bouteille contre ses lèvres et s'efforça de ne pas se couper. Le vin inonda ses joues, son menton et son cou, laissant de longues traces rouges sur sa chemise. Il songea alors qu'il rentrait de Londres le surlendemain et que pour ça il devrait se laver.

Il vida la bouteille très rapidement et remonta l'échelle apaisé par l'ivresse. Il se parla tout seul, quand même à voix basse pour qu'on ne l'entende pas. Puis il s'endormit.

Louis entra chez sa mère sans frapper. Il la vit d'abord de dos, comme presque toujours, les épaules voûtées, occupée à quelque tâche habituelle qu'elle faisait sans réfléchir. Sans même se retourner, elle lui demanda :

« D'où tu viens ?

— Ben de chez moi, tiens. Le père est au lit ?

— Non point. Il est à Thiviers.

— Au café alors.

— Dis donc. Tu peux parler. Tu en prends du café ? Il y en a là du tout chaud. »

Puis en traînant ses savates et en s'essuyant les mains à un torchon noué autour de sa taille, elle alla chercher le pot de liquide cent fois réchauffé.

« Il est pas assez corsé.

— T'as pas bientôt fini.

— Je t'en ferai moi du café, bien comme il faut.

— C'est ça.

— Alors quoi de neuf ?

— On a dîné avec l'Anglaise, hier soir. »

Il reposa lentement le verre en Pyrex plein de café qu'il tenait avec la cuillère toujours dedans coincée entre l'index et le majeur.

« Et son mari, il était pas là ?

— Il est en Angleterre, pour son travail.

— Il est parti depuis combien de temps ? »

Son ton avait changé et elle le remarqua immédiatement.

« Pourquoi tu me demandes ça ?

— Comme ça. Est-ce que je sais moi ? »

Elle connaissait assez son fils pour se rendre compte qu'il lui mentait et elle ne pouvait pas non plus le soupçonner de vouloir tourner autour de « madame Georgia ». Elle ne répondait toujours pas et il hésitait à répéter sa question.

« Il y avait Desjean.

— Où ?

— Mais ici, hier soir. Rond comme un ballon.

— Qu'est-ce qu'il faisait ? Vous l'avez invité à dîner ?

— Penses-tu. Il s'est invité tout seul. »

Elle hésitait à encourager l'antipathie de son fils pour le voisin mais les derniers mots qu'il leur avait adressés l'avait laissée mal à l'aise.

« Il disait qu'il y avait des rôdeurs.

— Tu parles, oui !

— Dans les bois.

— C'est ça, oui. Elle allait bien l'Anglaise ?

— Pourquoi veux-tu que ça n'aille pas ? »

Il avait une réponse toute prête : « Parce que je crois que son mari est mort. Ou qu'il a tué ta fille. » Mais il la garda pour lui.

John fut réveillé par un cri qui semblait sortir de son rêve. « Gulliver ! Gulliver ! » Il ouvrit les yeux avec difficulté et se rendit compte qu'il était encore saoul. Puis à nouveau « Gulliver ! Gulliver ! ». John se prit la tête à deux mains. Et malgré l'ivresse qui, en se mêlant à l'absurdité de cette nouvelle vie rendait tous les événements plus lointains, il comprit que Georgia était revenue de Ribérac sans qu'il l'entende et qu'elle cherchait le chien. Une note d'angoisse tordait la voix de Georgia, la rendait plus aiguë, pressante. « Gulliver ! Gulliver ! » Puis la colère venait s'y mêler. Elle pestait contre le chien, surtout pour se rassurer, pour se convaincre elle-même qu'il avait juste fait une de ces « bêtises » qui rendaient la vie impossible. Il faisait noir. Mais des lueurs de gris éclairaient encore la nuit, avec l'aide de la lune. John se tourna sur le ventre et s'approcha de la fenêtre en rampant. Elle était là, debout au milieu du chemin. Elle tournait la tête de droite et de gauche, elle avait enlevé son manteau. Elle ne savait pas quelle direction suivre pour partir à la recherche du chien.

« Alors ! le chien est parti ? »

Une voix d'homme, forte, qui résonnait dans la nuit, un inconnu qui gueulait presque, puis il reconnut le timbre du fils Pauillac.

« J'ai dû mal fermer la porte, et il l'a ouverte tout seul. Il devait se demander où j'étais et il est parti à ma recherche. »

On entendait qu'elle était au bord des larmes, parce que la culpabilité se mêlait désormais à l'inquiétude.

« Vous tracassez pas, il va revenir.

— On m'a dit que les chasseurs les volaient parfois. C'est un chien de chasse, vous savez ?

— Oui, je sais. Mais à cette heure-ci… Non, il n'ira pas bien loin, va. »

Et tout en la rassurant il commençait à trouver qu'un chien qui disparaît et une valise toute neuve au milieu des bois avec les vêtements de son mari, ça faisait beaucoup.

« Ces chiens, ça peut courir pendant des kilomètres.

— Vous n'allez pas quand même pas le chercher la nuit, non ? Alors !

— Qu'est-ce que je vais faire ?

— Il va revenir, je vous dis. »

Et depuis sa fenêtre John observa Louis qui posait une main sur l'épaule de Georgia tandis qu'elle se mettait à pleurer.

« Allez, allez, ho !

— Mon Dieu, et s'il ne revient pas ? »

Louis se sentait gagné par l'impatience qu'il éprouvait vis-à-vis de toutes choses, et il se mit à parler d'un ton plus brusque :

« Écoutez, je connais tout le monde, ici, si quelqu'un retrouve votre chien, je le verrai bien, moi. Si vous voulez, on ira le chercher ensemble.

— Vous feriez ça ? »

Elle s'essuyait les yeux avec son poignet replié.

« Oui, allez. Rentrez, maintenant. »

Il sentait qu'il devait exister un rapport entre la découverte de la valise et la disparition du chien, mais il aurait été incapable de savoir lequel. Georgia suivit ses conseils et retourna chez elle, tête basse, sous le regard de John qui venait de tuer leur setter, et sans songer un seul instant à inviter Louis pour lui offrir à boire. Celui-ci était en train de se demander si ce n'était pas elle qui avait tué son mari, l'Anglais. Il soupçonnait les femmes d'être capables de ce genre de choses : tuer le mari et pleurer le chien.

John de son côté avait entendu qu'ils partiraient à la recherche de Gulliver le lendemain. Il se demanda si ce paysan ne mijotait pas quelque chose, lui aussi, tout en ayant conscience qu'il pouvait difficilement ce soir-là avoir des récriminations envers les uns et les autres. Mais c'était plus fort que lui, et il devait bien conclure que ses propres crimes ne justifiaient en aucun cas ceux que les autres avaient l'intention de commettre. Il se rendormit, en s'enfouissant aussi profondément que possible sous la paille.

Georgia était assise à la cuisine, elle s'était servi un verre de whisky pur, ce qui était inhabituel. Maintenant que le chien avait disparu, elle regardait ces murs et ces objets avec un autre œil. La machine à coudre était posée sur la table, à l'autre extrémité, silencieuse, comme un reproche. Une montagne de tissu recouvrait la chaise à côté d'elle, un tissu riche et épais, lourd, dans lequel elle devait tailler des rideaux. Elle n'avait pas la force de se mettre au travail, elle guettait les bruits de la nuit comme si le chien allait revenir d'un moment à l'autre. Elle avait le sentiment que quelque chose d'autre manquait, en plus de la disparition de Gulliver. Un détail agaçant par son absence. Elle repensa à tous les événements de la journée, à son expédition à Ribérac et il lui sembla que la vie en Dordogne n'était plus qu'une pesanteur absurde. Peut-être était-ce ce dernier mot qui lui rappela ce qui manquait, et elle ne put retenir un sourire un peu triste : elle attendait le bruit des dents de la souris qui grignotait des noix à la cave.

Plus qu'une journée comme ça. Ce fut la première pensée de John au réveil. Demain, il rentrait et il avait beaucoup à faire pour préparer son retour. Essentiellement se laver et se raser. Demain soir, il aurait un lit, un feu dans la cheminée, un whisky à la main, il fumerait tout un paquet de cigarettes dans la soirée, il mangerait comme quatre. Il en était excité et malgré la fatigue se sentait une énergie nouvelle à cette pensée. Il aurait presque été tenté de rire. Puis le souvenir du chien mort lui revint à l'esprit. Il avait tué Gulliver. Le remords se chargea de broyer sa bonne humeur. Il prit alors des résolutions et se fit des promesses. Il avait frôlé la folie, mais il ne recommencerait plus. Il retournerait à Londres dans quinze jours, travaillerait d'arrache-pied, jusqu'à ce que sa tâche devienne une punition même, pour trouver un pardon à ses propres yeux. Pauvre Gulliver. Et puis il se montrerait particulièrement attentionné avec Georgia. Il l'avait mal jugée. Et puis il était si bien, au chaud avec elle, dans leur maison. Il l'aimait. Il sentit presque l'impatience le gagner à l'idée de retrouver dans vingt-quatre heures ou un peu plus le monde des gens normaux. Il fut tenté de prier et de remercier le ciel comme un ermite dans son désert qui trouve enfin la grâce.

Louis arriva devant la maison dans son fourgon et klaxonna avec enthousiasme car il était incapable de faire quoi que ce soit sans bruit. Elle était sûrement encore en train de dormir. De tous les Anglais qui étaient venus vivre dans le Périgord, il n'en avait encore pas vu un seul debout avant neuf heures. N'importe quoi.

Pourtant elle était là. Avec des poches sous les yeux, mais quand même bien là. Elle avait mal dormi, la pauvre, ça se voyait. Il ouvrit la portière et lui fit signe de monter. L'odeur de chien mouillé la prit à la gorge, mais elle s'assit sur un vieux sac de farine en papier brun censé protéger le fauteuil, on ne savait pas trop de quoi. Des seringues pour les bestiaux traînaient sur la tablette devant le pare-brise à côté d'un vieil Opinel, de deux cartouches en plastique rouge qu'elle prit entre ses doigts, intriguée par cet engin de mort. « C'est pour le chevreuil », expliqua Louis. Elle reposa la cartouche avec un léger dégoût, puis elle remarqua derrière son siège une housse en Skaï brun qui ne pouvait contenir qu'un fusil.

« C'est une arme ? demanda-t-elle.

— C'est mon fusil. Semi-automatique. Quatre coups. Je l'ai depuis que j'ai quinze ans. Joli. »

Puis il embrassa le bout de ses doigts pour montrer à quel point son semi-automatique était joli.

« Allez c'est parti. »

Il embraya bruyamment, se pencha en avant sur son volant comme s'il poussait le fourgon avec ses épaules et ils se mirent en route.

Il eut une idée de génie. Il allait dire à Georgia qu'il avait décidé de rentrer un jour plus tôt. Il n'y tenait plus. Il lui expliquerait qu'il avait particulièrement bien travaillé à Londres et dans son impatience de la revoir avait annulé ses rendez-vous du dernier jour. Puis il avait pris le train de nuit. Il saisit le sac en plastique qui contenait les vêtements qu'il s'était volés à lui-même un jour plus tôt.

C'était risqué mais il n'avait pas le choix. La camionnette de Louis avait à peine disparu, qu'il entrouvrit la porte de la grange, jeta un coup d'œil sur le chemin et sprinta jusque chez lui. Par un réflexe monstrueux, il prenait des précautions pour ne pas laisser sortir le chien avant de se rappeler que sa carcasse pourrissait là où il avait lui-même dormi. Il entra dans la salle de bains et fit couler l'eau chaude dans le lavabo. Une sensation délicieuse quand il sentit ses doigts se réchauffer. Il se lava le visage, puis se brossa les dents, le parfum à la menthe de sa pâte dentifrice lui parut exquis. Il se rasa à toute vitesse en se coupant de partout. Puis il se brûla la peau en s'appliquant des litres d'after-shave. Il redécouvrait les parfums artificiels. Il fallait absolument se doucher. Il regarda sa montre. Il était neuf heures moins le quart. Il avait oublié de vérifier l'heure à laquelle le fils Pauillac et Georgia étaient partis ensemble à la recherche de Gulliver. Il se déshabilla, mit son costume et sa chemise en tas par terre. Il avait laissé l'imperméable dans la grange. Il se doucha en se savonnant énergiquement. Il aurait pu rester des heures sous cette douche. Mais la peur le fit sortir rapidement. Il avait suffi de changer d'odeur et de se mouiller la peau pour passer d'un monde à l'autre et il ne cessait de s'en émerveiller. En sortant de la cabine de douche il se contempla dans le miroir. Il avait minci.

Forcément. Ça faisait trois jours qu'il n'avait pratiquement rien mangé. Il enfila ses vêtements propres et partit chercher le cirage dans le débarras pour ses chaussures. Il pouvait très bien l'attendre là. Si elle vérifiait les horaires, elle se rendrait sûrement compte qu'aucun train ne lui aurait permis d'arriver à cette heure, mais c'était peu probable. Il ramassa son costume avec dégoût, comme la vieille peau d'un serpent qui vient de muer. Il restait quelques braises dans la cheminée, il fit brûler sa veste, son pantalon, sa chemise, ses chaussettes et ses sous-vêtements. Toute la pièce empestait le tissu calciné et il fut obligé d'ouvrir la porte et de laisser entrer le froid.

Georgia essayait de trouver une poignée à laquelle se raccrocher tandis que Louis parcourait à toute allure les chemins qui traversaient les bois. De temps à autre il regardait sur les côtés et évoquait les souvenirs que lui rappelaient tel ou tel coin, un sanglier qu'il avait tué, une copine qu'il avait retrouvée, puis il regardait Georgia avec un petit sourire et lui faisait un clin d'œil. Puis à intervalles réguliers, il répétait : « Il n'a pas dû aller loin. » Il songeait en même temps à demander des nouvelles de John mais ne savait comment s'y prendre pour que cette curiosité ne soit pas mal interprétée. Il voyait que malgré son bavardage, elle continuait à s'inquiéter pour sa saloperie de chien. Puis elle disait : « Il faudrait quand même voir plus loin, un chien comme ça, ça court beaucoup sans se fatiguer.

C'est un chien de chasse. » Et allez, c'était reparti. Elle lui expliquait à lui, au moins pour la troisième fois, qu'un setter était un chien de chasse. N'importe quoi. Lui qui était président de sa société de chasse.

Elle n'arrivait pas à croire qu'il puisse conduire à travers ces chemins boueux dans sa camionnette comme un livreur à Londres, sauf que lui portait cette casquette avec un bouton au sommet qu'il baissait et relevait au hasard des tournants.

« On est presque à Saint-Jean ici, dit-il. Ma sœur habite un peu plus loin là-bas, au milieu des bois. N'importe quoi. Ça vaut pas une peau de lapin, ça.

— Quoi ? Sa maison ?

— Non, elle. »

Il parlait d'elle au présent. On ne devait pas savoir qu'elle était morte, et il testait en même temps la réaction de Georgia. Il en parlait d'autant plus durement que maintenant, il en voulait à la défunte de lui avoir fait ce coup sans leur laisser le temps de se réconcilier en l'abandonnant avec sa seule culpabilité et un sentiment de gâchis.

« La maison est au milieu des bois ? Ça doit être joli.

— Oui, tu parles.

— On peut la voir ? »

Il ne manquait plus que ça.

« Si vous voulez, mais on ne s'arrête pas, parce que ma sœur et moi… c'est pas ça.

— Ah ? »

Elle aurait évidemment voulu en savoir plus mais

elle songea à juste titre qu'il valait mieux en rester là. Puis elle fut projetée en avant, faillit se cogner au pare-brise comme il freinait brusquement. (Il avait déjà expliqué que les ceintures de sécurité ne servaient à rien.)

« Vous l'avez vu ? Vous avez vu Gulliver ? Qu'est-ce qui se passe ? »

Il ne répondit pas. Fit marche arrière à toute vitesse. Il regardait droit devant lui, avec une expression entre la fureur et la perplexité, le regard qu'il pouvait avoir lorsqu'il chassait et s'apercevait que sa proie allait lui échapper. Il était arrivé en vue de la maison de sa sœur et avait reconnu la voiture du vieux Desjean garée devant. Georgia ne s'était rendu compte de rien mais la porte s'était ouverte et Desjean était sorti. Il avait regardé de droite et de gauche comme un homme pris en faute. Louis connaissait trop la forêt et les gens pour avoir le moindre doute sur ce qu'il avait vu, et un homme habitué à chasser comme lui n'avait eu besoin que de quelques secondes pour comprendre ce que faisait ici cet être qu'il n'aimait pas.

Il était penché en avant, les deux coudes sur le volant, sa veste en cuir sans manches lui faisait des épaules gigantesques, et tout en fronçant les sourcils, il remuait légèrement les lèvres, comme s'il faisait passer une brindille imaginaire d'un coin à l'autre de sa bouche. Desjean portait sa veste bleue déboutonnée sur son débardeur blanc. Il était retourné à l'intérieur de la maison assez rapidement.

« Qu'est-ce qu'on fait ?

— Hein ?

— Qu'est-ce qu'on fait ?

— On rentre, on ne le retrouvera pas aujourd'hui votre chien.

— Ah ? Et la maison de votre sœur ?

— On est passé devant tout à l'heure, vous n'avez pas vu ?

— Non.

— C'est là pourtant. C'est pas bien intéressant. »

Georgia ne comprenait pas pourquoi il se fermait tout d'un coup et elle se demanda si elle avait fait une remarque blessante.

Louis, lui, songeait à Desjean, à Héloïse, au cadavre déposé à sa porte. Une balle qui part toute seule, une erreur… Ça ferait une belle chasse.

Elle traversa la cour tête basse, puis toujours en regardant ses chaussures, elle referma la porte et sentit une présence. Elle étouffa un cri en voyant cette silhouette avachie sur le fauteuil, qui ronflait légèrement, puis elle reconnut John. Elle avança doucement comme si elle se trouvait face à une vision qu'elle craignait de perdre. Puis elle lui toucha le bras, en murmurant « John ». Il ouvrit les yeux et la regarda avec une expression de panique. Pendant deux secondes peut-être, il crut qu'il était encore dans la grange et qu'elle venait de le surprendre, puis aussi rapidement qu'elle l'avait reconnu, il se remémora sa présente situation, les discours qu'il avait préparés et prit même le temps de se frotter les yeux.

« John ? » fit-elle en fronçant les sourcils comme pour lui demander si c'était bien lui, là devant elle.

Il lui adressa un large sourire, l'attira vers lui sur le fauteuil, l'assit sur ses genoux et l'embrassa tendrement.

« Mais je croyais que tu rentrais demain ? demanda-t-elle après les premières manifestations d'affection.

— J'en avais marre, j'ai regroupé tous mes rendez-vous pour rentrer plus vite. Tu me manquais. »

Et il sourit encore une fois.

« J'ai voyagé de nuit, reprit-il, je suis assez crevé, mais ça valait la peine. »

Il espérait qu'à ce moment elle offrirait au moins de lui préparer un café. Au lieu de cela elle éclata en sanglots et, en balbutiant, parvint quand même à lui dire :

« John, Gulliver est parti.

— Qu'est-ce que tu dis ?

— J'ai perdu Gulliver. Il est parti. Je suis allée faire une course à Ribérac. (Il remarqua qu'elle ne mentait même pas sur sa destination inhabituelle.) Chez Ashley. (Les rideaux ! Il comprenait maintenant.) Et quand je suis revenue il n'était plus là. J'ai cherché partout. Je ne l'ai pas trouvé. »

Elle avait le visage inondé de larmes et ses joues étaient toutes rouges.

« Mais comment ça se fait ? demanda-t-il en offrant une imitation plus qu'acceptable de l'inquiétude mêlée d'incompréhension.

— Je ne sais pas, j'ai dû mal fermer la porte.

— Mais c'est incroyable.

— Oh, c'est ma faute, je... je... »

Il lui posa la main sur la tête et l'attira contre son épaule tout en poussant un soupir légèrement impatient, autant de gestes signifiant qu'il était prêt au prix d'un immense effort à pardonner son ahurissante et coupable incompétence. En même temps il était très occupé à oublier qu'il avait lui-même fracassé la tête de l'animal avec une masse. Au bout d'une période étonnamment courte, il y était presque arrivé. Mais elle était dans un tel état que ce fut lui qui dut aller préparer le café. Il n'arrivait pas à croire qu'après l'enfer qu'il venait de traverser, il était obligé de lui remonter le moral et d'être aux petits soins. Elle finit quand même par se calmer après trois ou quatre cigarettes et autant de cafés. Il avait presque hâte de lui débiter tous ses mensonges pour en finir une bonne fois et recommencer une vie normale. C'était le moment.

« Tu ne sais pas ce qui m'est arrivé à Waterloo cette nuit ?

— Quoi ? demanda-t-elle sur un ton relativement indifférent.

— On m'a volé ma valise.

— Ah bon ? (Toujours sur le même ton.)

— Tu te rends compte ?

— Mais comment ils ont fait ça ?

— Je me suis endormi dans une salle d'attente, je t'ai dit que j'étais crevé, et quand je me suis réveillé, la valise n'était plus là. Je suis resté avec les vêtements que j'ai sur le dos.

— Il y avait beaucoup de choses dans ta valise ?

— Les fringues pour le travail. Mon costume, ces trucs-là.

— Mais d'habitude tu voyages en costume.

— Oui, mais là j'avais décidé de partir la nuit, je voulais des fringues plus confortables. Mais ça tu vois, c'est l'Angleterre aujourd'hui, la délinquance, l'insécurité, quand tu penses que tous les jours... »

Puis il débita quelques statistiques récentes sur la criminalité en Grande-Bretagne, qu'elle connaissait déjà pour les avoir entendues sur Radio 4.

« Qu'est-ce qu'on va faire ?

— Pour quoi ?

— Pour Gulliver ? »

Encore son putain de chien, il ne pouvait quand même pas lui gueuler qu'il était mort, que c'était dommage et que... et que... on en achèterait un autre par exemple. Il consacra donc encore une demi-heure à la rassurer et à la consoler pendant qu'elle lui expliquait que Louis, le fils des Pauillac, l'avait très gentiment aidée à le chercher. Il n'osa pas lui demander si Louis lui avait fait des avances ou avait essayé de la tripoter, mais il y songea quand même.

« Vous avez vu Desjean ?

— Non, ça fait un moment. Qu'est-ce que tu lui veux ? »

Derrière son bar, Maurice avait compris au ton de Louis qu'il ne tenait pas à le voir uniquement pour une affaire d'achat de bétail. Et depuis sa dernière visite chez les Desjean quand il avait trouvé le gouya sur la défensive, il hésitait à se montrer. Et puis il y avait une autre raison encore.

Il pleuvait à l'extérieur, le radiateur à gaz laissait s'échapper une odeur épaisse, un peu étouffante. Au bar, deux paysans étaient penchés sur leur verre et regardaient Louis par-dessus l'épaule sans oser se retourner comme s'ils craignaient de lui parler.

« Tu bois un verre ?

— Non. »

Ça non plus ce n'était pas normal. Louis se retourna vers la fenêtre couverte d'une buée qui se mêlait au gris du ciel et des crépis des maisons d'en face. Lui non plus ne voulait pas les voir, ces trois autres. Toujours cette impression que tout le monde savait tout. Sans avoir à dire quoi que ce soit. C'était peut-être pour cela qu'ils répétaient souvent entre eux dans la conversation : « Tu sais pas tout encore » ou « T'as pas encore tout vu », comme pour se convaincre que c'était vrai. Mais ces trois-là, ils pouvaient très bien savoir qu'Héloïse était morte, qui l'avait tuée, que lui Louis l'avait enterrée. Et ce silence épais, maladroitement brisé par quelques bruits de verres ou de bouches contenait tout cela. Et Louis qui était pourtant né là ne supportait pas, à ce moment précis, de croiser leurs regards.

Il ouvrit la porte d'un geste brusque, sans dire au revoir, en gardant une main dans sa poche. Au moment où il sortait du café, il vit la Peugeot break de l'Anglaise. C'était son mari qui revenait de Londres, s'il y était bien parti. S'il n'avait pas tué Héloïse. Il se demanda même si les Anglais ne s'étaient pas mis avec Desjean pour tuer sa sœur. C'était possible, même si ça n'avait pas de sens.

« Tu crois qu'on retrouvera Gulliver ? »

Ils étaient assis dans un restaurant cher de Champagnac-de-Belair et fêtaient le retour prématuré de John.

« Je me sens si coupable d'être ici, dit-elle en avalant une gorgée d'un excellent vin blanc et en allumant une cigarette, pendant que ce pauvre chien est tout seul dans les bois. Il doit avoir vraiment peur.

— C'est un chien de chasse, tu sais. L'instinct, euh… Je ne sais pas comment dire. Mais il retrouvera la maison au bout d'un moment. C'est certain. Il y est peut-être même en ce moment. »

Il continua dans cette veine inspirée par la chaleur du lieu, l'abondance de la boisson et de la nourriture et Georgia commençait à se laisser convaincre par cet assortiment d'arguments. Elle avait pris le foie gras en entrée. Puis il lui raconta son court séjour à Londres, les difficultés du marché, l'ambiance impossible qui régnait dans la capitale britannique et il lui demanda comment elle avait passé sa semaine.

« Tu as vu des gens ?

— Helen et Dave, un soir.

— Ah ?

— Puis je suis allée chez Ashley, comme je te l'ai dit. »

Le plat de résistance arriva.

Le confort qu'offrait la chaise rembourrée aurait

suffi à le saouler, mais il s'aida encore en buvant deux fois plus qu'elle.

« Quand est-ce que tu repars à Londres ?

— Je ne sais pas encore. J'en ai marre de Londres.

— Tu veux abandonner ?

— Non, non. Je… euh…

— Et l'argent ? »

Il se contenta de hausser les épaules. L'agneau se mariait très bien avec le Pécharmant et il trouva Georgia ravissante. Il regrettait presque de ne pas pouvoir lui raconter la vérité sur les quelques jours qu'il venait de passer. La seule véritable aventure qu'il eût connue. C'en était presque comique. Ils auraient pu en rire ensemble. Puis il se souvint qu'il avait tué le chien. Le dessert passa difficilement, mais c'était aussi peut-être parce qu'il avait perdu l'habitude de manger autant.

Il fit semblant de travailler pendant toute la semaine qui suivit, se complaisant dans une paresse mêlée d'une inquiétude indéfinissable. Il prenait la voiture et partait visiter, disait-il, des propriétés qui méritaient d'être étudiées. Il s'arrêtait dans les cafés, buvait une bière ou deux, sous le regard soupçonneux d'un patron et de quelques clients. Il échappait ainsi aux moments les plus sombres de Georgia, quand elle se remettait soudain à porter le deuil de Gulliver et à s'en vouloir. Il y eut les inévitables dîners, et un moment difficile quand on lui demanda ce qui se jouait en ce moment à Londres dans les théâtres.

« Je ne sais pas, je n'ai pas eu le temps de m'y intéresser.

— Mais le soir ?

— Je dîne le plus souvent avec des clients.

— Mais quand tu passes devant des théâtres, tu ne regardes pas ce qui est à l'affiche ? »

Pourquoi insistaient-ils tellement ? De toute manière, qu'est-ce que ça pouvait leur foutre, ce qui était à l'affiche, ils étaient tous coincés dans leur campagne, sans un sou, et ils ne reverraient pas Londres avant des mois, peut-être des années, alors…

« Je ne suis pas très théâtre. »

Il eut droit à un haussement de sourcils mais au moins on le laissa tranquille.

Il fut réveillé un jour au milieu de la deuxième semaine par la sonnerie du téléphone ; il était neuf heures. Il se leva d'un bond car exceptionnellement il n'avait pas bu la veille. Il se sentait étonnamment frais et plein d'énergie, et sans savoir encore ce qu'il en ferait, il en fut extrêmement heureux. Georgia était déjà levée et avait décroché en bas. Il descendit l'escalier pieds nus et même la fraîcheur du bois lui donnait une impression de bien-être, comme s'il avait toujours mené une vie saine. Puis il entendit la voix de Georgia qui disait : « Non, ce n'est pas possible. Mais la semaine prochaine. Quand John sera à Londres. Oui, à ce moment-là, j'aurai le temps. Oui, c'est moi qui appellerai. Oui, au revoir. »

Elle regardait ses pieds, un sourire aux lèvres, une expression songeuse, une sorte de ravissement à la pensée d'un plaisir lointain. Elle le vit alors au milieu de l'escalier et sursauta :

« Tu es levé ?

— Oui.

— Bonjour », fit-elle en inclinant la tête sur le côté.

Il ne répondit pas. Il était blême. Puis au prix d'un effort immense pour parler d'une voix égale, il demanda : « Qui c'était ? »

Elle hésita un instant, se passa la main dans les cheveux. Il avait l'impression qu'elle lui faisait un numéro de charme pour gagner du temps ou l'obliger à penser à autre chose. Finalement, elle lui répondit en bégayant légèrement :

« C'était Ashley qui demandait quand je pourrais faire ses rideaux.

— Ah.

— Ça ne va pas ?

— Si, si. »

Elle avait menti. Il comprenait mal comment sa présence l'empêchait de faire des rideaux. Une chose était sûre, elle attendait son départ. Il accomplissait les gestes du petit déjeuner machinalement en écoutant le bruit de la douche dans la salle de bains et en s'efforçant de ne pas penser à son corps nu ruisselant d'eau. Puis il songea que depuis son retour elle ne s'était pas montrée particulièrement tendre, au contraire. Distante même, quand ils étaient ensemble au lit. Comme si elle se préservait pour… pour un autre par exemple. « Le cousin » du premier appel. C'est toujours par le téléphone qu'on apprend les pires nouvelles, finalement, le téléphone qui ne nous laisse entendre que la moitié des choses. D'un autre côté ce qu'elle avait dit correspondait assez bien à l'explication qu'elle lui avait donnée. S'il la confrontait pour en finir et être sûr. Il pourrait lui demander : « Tu m'aimes encore ? » Elle dirait : « Oui, bien sûr », d'un air impatient. Et s'il demandait : « Tu as un amant ? », elle lui mentirait, puis elle l'humilierait, en lui reprochant sa jalousie. On lui mentait dans son travail, Georgia lui mentait chez lui. Il décida qu'il avait été absurde de penser découvrir une trahison en observant sa maison pendant trois jours seulement. Et puis si elle avait un amant, elle le verrait la semaine prochaine. Elle l'avait dit elle-même au téléphone à peine quelques instants auparavant. Georgia était sortie de la douche, elle ne portait qu'une serviette autour des hanches. Il ferma les yeux pour ne pas avoir à imaginer les caresses d'un autre homme sur son corps, puis continua à manger ses céréales qu'il trouvait écœurantes. Il se gratta la cuisse, se leva pour aller prendre un verre d'eau en traînant les pieds, le ciel était gris, sombre, le matin se confondait avec le soir, on eût dit que les nuages étaient des poches gonflées de pluie qui allaient éclater d'un moment à l'autre et qu'il faudrait des mois avant que toute cette eau ne finisse de se déverser. Et lui, il était coincé là, dans cette maison depuis laquelle on ne voyait rien, à vivre avec une femme qui le trompait, à rapporter juste assez d'argent pour survivre en faisant un métier qui ne l'intéressait pas. Son amant était anglais puisqu'elle avait parlé en anglais. Mais ça ne voulait rien dire. Le « cousin » lui, était français d'après ce qu'on lui disait. Il ne savait plus. Peut-être avait-elle plusieurs amants. L'image de son corps à moitié nu lui traversa l'esprit encore une fois. Il se prit la tête à deux mains et posa les deux coudes sur la table.

« À quoi tu penses ? »

Il était en train de penser que la semaine suivante, il retournerait dans la grange et qu'il observerait encore ses allées et venues pour la surprendre avec son amant. Mais ça, il ne pouvait pas le lui dire.

Les quelques jours qui le séparaient de son départ furent consacrés à préparer minutieusement et secrètement son expédition. Il passait son temps à faire mentalement des listes d'objets nécessaires à la vie dans une grange : chaussettes chaudes, gros pull, il n'envisageait même plus d'emporter des vêtements de rechange pour un faux retour, tant il était persuadé qu'il la surprendrait et qu'il aurait enfin la preuve de sa culpabilité. Le moment horrible repassait devant ses yeux en obéissant à divers scénarios mais en lui infligeant toujours la même douleur. Il ajouta à son paquetage un Opinel et une flasque pleine de whisky. Il avait rangé le tout dans un tiroir réservé aux vêtements d'été désormais inutiles et qu'il avait remisés au grenier profitant d'une absence de Georgia. Quand tout fut prêt, il enveloppa ses affaires dans un sac-poubelle qu'il emporta dans la grange, en avance, un soir, précisément la veille du ramassage des ordures, et même le cliquetis des bouteilles qui s'entrechoquaient dans le plastique noir n'éveilla aucun soupçon. Il insista longuement pour porter les poubelles tout seul en répétant à Georgia qu'il faisait trop froid et qu'elle devait rester près du feu. Elle ne se fit pas trop prier et il en éprouva même une certaine amertume. Elle le prenait décidément pour un domestique.

Il monta l'échelle et jeta le sac comme une grenade par-dessus une tranchée. Il fut pris à la gorge par une odeur pestilentielle et se demanda d'où elle pouvait bien provenir avant de se rendre compte que c'était le corps de Gulliver en train de pourrir.

Le jour du départ, John accomplit tous les gestes habituels à cette occasion avec une lenteur excessive. Il avait pourtant lourdement insisté la veille pour prendre le train de huit heures deux. Il ne trouva pas le pantalon dont il avait besoin et qu'il avait lui-même caché sous le lit, puis il en fit le reproche à Georgia. Il n'y avait pas assez de chaussettes propres. Il fit une tache sur sa chemise en buvant son thé, et décida d'aller se changer « en vitesse ». Finalement ils arrivèrent à la gare de Thiviers, comme il l'avait souhaité, dix minutes après le départ du train pour Limoges. Il poussa un soupir d'accablement et décida qu'il attendrait celui de dix heures, seul au café.

« Je vais attendre avec toi.

— Non, c'est pas la peine, répondit-il, avec générosité cette fois.

— Je n'ai rien à faire.

— Non, je t'assure, tu vas perdre ton temps. »

Il espérait économiser sur la course de taxi au moins entre Bussière-Gallant et Thiviers. Et puis il voulait se retrouver au plus vite dans la grange. Son impatience lui indiquait d'ailleurs, bien que très vaguement, qu'il en avait eu la nostalgie, qu'il n'avait jamais été aussi libre que lorsqu'il s'était retrouvé allongé dans la paille et dans sa crasse. Il voyait tout le monde, personne ne le voyait, on ne savait même pas qu'il était là. Pendant la semaine précédente, lorsqu'il eut pris définitivement la décision de rejoindre son poste d'observation, il avait envoyé sa démission à Londres, en demandant qu'on ne l'appelle pas. Il ne réclamait aucun dédommagement, il demandait simplement qu'on ne l'appelle pas. Il les remerciait pour… etc. D'autre part, il avait pris contact avec un organisme de prêt en France pour régler le problème du découvert.

« Tu ne veux pas qu'on prenne au moins un café ensemble ?

— Bon, d'accord, si tu veux, mais tu ne vas pas attendre deux heures quand même. »

Il lui avait répondu avec une telle agressivité, qu'elle baissa les yeux et qu'elle lui demanda d'une voix hésitante :

« Dis-moi, John, est-ce que tu as rencontré quelqu'un à Londres ? »

Il resta bouche bée, à la regarder, les bras ballants,

avec sa nouvelle valise à ses pieds, dans le manteau tout neuf qu'elle avait choisi pour lui.

« Qu'est-ce que tu veux dire ? »

Il le savait parfaitement.

« Est-ce que tu as rencontré une femme à Londres, John ? Est-ce que tu as une liaison, une… aventure, une affaire. Mon Dieu, ces mots ! »

Il avait soudain l'impression d'avoir de la glace à la place des poumons. Son cœur s'était mis à battre plus fort, il n'aurait pas osé la regarder dans les yeux, et justement elle relevait la tête, elle haussait les sourcils, parce qu'elle voyait bien qu'il agissait comme s'il était coupable, et lui-même s'en rendait compte.

« Pourquoi est-ce que tu me demandes ça ?

— Je ne sais pas, tu es tellement… distant, froid, agacé… je ne sais pas. »

Ça n'allait pas du tout, elle ne pouvait pas renverser la situation comme ça. Tout ce qu'il avait fait était pour rien, maintenant qu'elle lui posait cette question, qu'elle avait elle-même des doutes. Il restait là, à observer son visage sans rien dire. Il avait froid aux mains, froid dans le cou.

« Si tu as rencontré quelqu'un, je préfererais que tu me le dises.

— Ne sois pas absurde. Je suis inquiet pour mon travail, c'est tout.

— Tu m'as dit que tout allait bien dans ton travail.

— Viens, allons prendre un café. »

Ils étaient les seuls clients, dans cette vaste salle. Ils allèrent s'asseoir à côté de la fenêtre. En tournant la tête, John songea qu'il n'avait jamais vu de spectacle plus triste que la gare de Thiviers en hiver. Une petite bruine s'était mise à tomber et quelques gouttes coulaient lentement le long de la vitre, déformant les contours de tout ce qui se trouvait au-delà. Elle jouait nerveusement avec sa tasse de café et en renversait un peu dans la soucoupe. Il lui prit la main. Elle crut un instant qu'il allait lui faire une confession.

« Alors ? fit-elle.

— Je t'aime, Georgia », dit-il.

Et elle lui adressa un sourire un peu triste, presque comme si elle était déçue.

Desjean s'arrêta à la porte de la ferme Pauillac comme s'il arrivait devant un champ de mines. L'air y paraissait toujours plus sombre, plus épais. Son pas ralentissait quand il traversait cette cour, comme si le souvenir d'Héloïse s'accrochait à ses talons, le tirait en arrière, pesait sur ses épaules. Il regardait vers les granges, vers l'ancienne porcherie, comme s'il attendait d'en voir sortir… quelque chose, il ne savait plus trop quoi lui-même. Puis il entendit un bruit métallique. Il pensa que c'était Louis qui réparait le moteur d'un tracteur ou qui aiguisait une pioche. Il savait tout faire, Louis. Il se rendit compte que la crainte et la haine qu'il éprouvait pour ce personnage étaient mêlées d'admiration. Et cette réflexion l'amena à conclure qu'il en était de même pour tout le pays. Tous ceux qui crachaient sur Louis dans son dos en avaient peur et l'admiraient.

C'étaient souvent les mêmes d'ailleurs qui venaient le chercher pour régler un problème dans leur ferme quand ils étaient incapables de le résoudre seuls.

Ses chaussures faisaient un bruit assourdissant. Il continuait à avancer vers la porte. Il craignait à tout moment de finir par avouer son crime, comme si une force en lui allait sortir les mots de sa bouche sans qu'il ne puisse rien faire pour les empêcher de résonner entre quatre murs devant toute une assemblée, ou même une seule personne. La mère d'Héloïse. Ça aurait suffi.

Elle était là, assise au bout de la table en Formica, à ne rien faire. C'était déjà un signe que ça n'allait pas fort. Son tablier en nylon moulait son ventre rebondi, elle était adossée à la chaise, de profil, un bras posé sur la table. Il la salua en criant presque un « ko vaï » tellement puissant qu'il lui parut ridicule, comme s'il essayait d'imiter Louis. Puis avant de poser une autre question, il marqua un temps d'arrêt. Il aurait juré qu'elle avait pleuré.

« Tiens. Ça va ?

— Vous voulez voir Louis ? Il est dans la grange. Il répare la meule, je ne sais pas quoi. Pour aiguiser les outils-là. Il s'occupe, mon pauvre. »

Il ne remarqua toujours pas d'agressivité particulière à son égard, et il attendait ce changement d'attitude depuis maintenant si longtemps qu'il crut qu'il allait devenir fou et se mettre à hurler.

« Je venais vous dire un bonjour. Alors !

— Vous allez prendre le pineau.

— Hé ben allez.

— Et le patron, ça va ?

— Ça va. Il s'occupe. Mais plus trop bien. On vieillit, mon pauvre.

— Hé.

— Et les voisins ?

— Lesquels ?

— L'Anglais. »

Elle se contenta de hausser les épaules.

« Il sait y faire, lui, reprit Desjean, marié à mi-temps. Il doit pas s'ennuyer là-bas. Ça doit courir après les mamans… »

Encore un haussement d'épaule. Il devenait de plus en plus évident qu'il ne l'amènerait à parler des Anglais qu'en plaisantant. Et encore. Mais il eut de la chance, parce que « le patron » arrivait justement là dans la cuisine.

« Alors, té.

— Alors. Tu prends de l'avance sur l'apéro ?

— Je venais prendre des nouvelles. Où t'étais ? T'étais pas chez la voisine quand même. »

Le père Pauillac dodelina de la tête.

« Tu trinques ? »

Il était bien obligé maintenant. Et il se servit un verre de pineau.

« Comment ils vont les Anglais, alors ? Ils étaient pas trop fâchés pour l'autre soir ? Oh, là, là, j'en avais encore un joli chargement !

— Bé si tu bois tellement…

— Toi, tu bois pas peut-être.

— Elle a emmené son mari à la gare, je les ai croisés, là, sur la route de Villars. »

Maintenant qu'il avait obtenu le renseignement qu'il cherchait, il se rendait compte qu'il s'en foutait. Ce jeu-là appartenait à un autre temps, à un moment moins grave finalement, quand il n'avait pas encore tué la fille de ces deux personnes qui lui offraient maintenant à boire chez eux.

Georgia avait attendu jusqu'à l'arrivée du train de dix heures. Ils avaient bu des cafés et fumé des cigarettes. Il entendait à peine ce qu'elle lui disait. On n'avait plus parlé de trahisons ni d'infidélités. Ils avaient échangé des banalités sur leur vie quotidienne, sans trouver l'enthousiasme qui aurait pu dissiper même de façon factice le malaise qui s'était installé entre eux. En plus, il ne croyait pas à sa sincérité. Elle faisait seulement semblant de croire qu'il avait une maîtresse à Londres. Pour mieux le culpabiliser. En revanche, les mots qu'elle avait prononcés au téléphone étaient clairs. Elle attendait qu'il s'en aille. Qu'il lui laisse la place. Et depuis qu'il lui avait fait cette déclaration, son attitude n'avait pas vraiment changé, il ne pouvait pas dire qu'elle en avait été émue. Peut-être même regrettait-elle qu'il n'ait pas de maîtresse pour être libérée de toute culpabilité à son égard.

Ils s'étaient quittés un peu froidement comme après une dispute qui n'avait pas eu le temps de se résoudre. Il avait traversé la salle d'attente de la gare de Thiviers pour se rendre sur le quai.

Si elle l'avait serré contre elle chaleureusement, s'il avait pu entrevoir une larme au coin de ses yeux, entendre un mot attendrissant, tout se serait passé différemment.

Desjean alla rôder encore une fois autour de la maison d'Héloïse puis repassa encore une fois devant la maison de Louis, comme si en refaisant ce parcours cent fois, il allait finir par effacer son crime. Il devait être près de midi. Il repartit à travers les sous-bois, les nuages s'étaient dissipés, et le soleil projetait une lumière dorée à travers les feuilles mortes qui s'accrochaient aux branches. C'est à ce moment-là qu'il le vit.

John avait laissé partir le train, il s'était caché dans les toilettes de la gare. Georgia ne l'avait pas accompagné jusqu'au quai. Quand il ressortit, les employés derrière le guichet lui lancèrent des regards étonnés. Il s'en foutait. Il ne savait plus que penser de toute façon. Même si Georgia le voyait en cet instant, peu importait. Il remonta la rue en pente et entra dans un autre café. Il commanda une bière, comme la première fois. Mais il n'éprouvait plus le même plaisir. Il la but rapidement et s'en fit apporter une autre. Il n'avait rien mangé et il se sentait déjà légèrement saoul. Il leva le bras et commanda un whisky. On le lui servit sans faire de commentaire. On en avait vu d'autres dans les cafés de Thiviers. Il observa les innombrables fanions et casquettes qui décoraient les murs. Un type à cheveux longs avec une gourmette et un blouson de motard buvait de la bière à l'extrémité du bar. John partit après le deuxième whisky. Il était saoul. Devant l'église il trouva un taxi et se fit conduire à Saint-Jean-de-Côle. Il gardait sa valise à la main pendant tout ce temps, comme s'il n'y pensait plus. Dans la voiture il s'en fit un accoudoir. Il traversa Saint-Jean sans se soucier d'être vu et prit la route des crêtes. Il marchait d'un pas légèrement incertain, pourtant il avait encore envie de boire. Il serait bien allé sur la place dans un des cafés. Il ne savait pas vraiment ce qui le retenait. Il avait hâte, en somme, de retrouver sa grange et sa paille, et peut-être même la proximité de Georgia.

Desjean était en contrebas quand il le vit et se demanda ce qu'il faisait là ce con qui devait être à Londres. Et il en tenait une belle. Il le voyait faire de temps à autre un pas de côté avant de retrouver son équilibre. Il entendait mal, mais il avait l'impression qu'il se parlait tout seul. En anglais bien sûr. Le vieux Desjean se cacha derrière un arbre. Puis il se mit à le suivre. Il avait l'habitude. À la chasse on ne faisait jamais rien d'autre. Restait à savoir jusqu'où il allait l'emmener, ce connard d'Anglais. Il décida finalement de retourner à sa voiture et d'attendre au hameau. Il ne pouvait aller que là-bas. Il dévala la pente, retrouva la 4L et prit la route qui passait par en bas. Il était sûr d'arriver à Tierchâteau avant l'Anglais. Il cacha la voiture derrière une grange et alla attendre dans les vignes de Marcellou, derrière la cabane, à l'endroit qui menait au village. Il le vit effectivement apparaître quarante minutes plus tard. Desjean ne comprenait toujours pas pourquoi il refaisait le chemin à pied, si on l'avait emmené à la gare le matin même. Il remarqua que l'Anglais s'était débarrassé de sa valise.

John décida que c'était le moment de longer la

route tout en restant sous le couvert des arbres. Il alla donc un peu au-delà de la lisière de la forêt pour continuer jusqu'à la grange. Il connaissait le chemin.

La veille, Louis avait nettoyé son fusil. Ce n'était pas une habitude chez lui. Ça faisait longtemps que le fusil en avait besoin. Et tout en accomplissant sa tâche il buvait du pineau, seul dans la cuisine obscure, il ne bénéficiait que de la lumière de la pièce adjacente. C'était mieux ainsi. Comme s'il se cachait déjà. Parce que ce soir-là, il avait acquis une conviction. Il savait maintenant qui avait tué sa sœur et qui avait essayé de lui mettre ça sur le dos. D'ailleurs il y avait longtemps qu'il avait compris. Ce qui l'avait retenu encore d'en arriver à cette conclusion, c'était qu'elle paraissait tellement incroyable. Il but un autre verre de pineau, en une gorgée. Puis il alla ranger le fusil dans sa vieille gaine en Skaï marron, après l'avoir chargé. Quatre balles. Il bailla. Puis se demanda ce qu'il allait faire du cochon qui était encore dans le camion. Encore une tâche à accomplir. Il ne lui avait pas coûté cher, mais il fallait l'engraisser maintenant. Il décida qu'il irait le mettre dans la grange, devant chez les Anglais, justement, en attendant de l'égorger.

Il était entré par la porte de derrière. On ne pouvait toujours pas deviner ce qu'il essayait de faire vraiment. Pourtant il y avait une explication. Ce couillon espionnait sa femme. Le vieux Desjean avait envie d'éclater de rire.

La puanteur était infecte. Surtout vers le mur au fond, là où il avait enfoui le cadavre du chien. En dehors de ce détail, la grange lui paraissait désormais familière. Et puis il avait le temps, il était maintenant équipé. Il commença par déballer les affaires qu'il avait préparées à l'avance puis il se changea. Comme un professionnel qui mettrait ses vêtements de travail. Il respira profondément et s'approcha de la fenêtre pour un premier coup d'œil, en vitesse, pour reconnaître le terrain en quelque sorte, avant de se mettre sérieusement au boulot. Rien ne bougeait. Il s'allongea sur le dos et observa le toit, comptant les quelques gouttières qu'il apercevait en suivant la trajectoire des rayons de soleil qui passaient entre les tuiles pour illuminer quelques brins de paille ou la poussière sur les murs.

« Elle était chez les Pauillac.

— Qui ça ?

— L'Anglaise. »

Il parlait en tournant le dos à Jean ; peut-être craignait-il que le petit ne décèle dans son regard ou ses gestes qu'il était en train de mentir. Jean était assis à la table et le vieux Desjean regardait par la fenêtre. Là-bas derrière le bâtiment qu'il faudrait recouvrir un jour, sa femme était en train de donner du grain aux poules.

« Et alors ?
— Elle m'a dit qu'elle avait besoin... »

Il hésita un instant. Il n'arrivait pas à croire qu'il n'avait pas mieux préparé son mensonge. De quoi est-ce qu'elle pourrait avoir besoin ?

« Elle a besoin de terreau. Je lui ai dit qu'on en avait et que tu lui amènerais ça demain. »

Jean Desjean ne put s'empêcher de se réjouir à l'idée d'avoir une excuse pour se rendre chez les Anglais. En même temps, le vieux avait forcément une idée derrière la tête. Il se retourna à ce moment-là et ajouta avec un sourire goguenard : « Son mari est parti en voyage. »

Jean ne répondit pas.

« J'ai dit que tu passerais le matin. Elle va faire des courses l'après-midi. J'aurai besoin de la 4L, tu prendras le fourgon.
— Pour un sac de terreau ?
— Fais ce que je te dis, peuté. »

Il reconnut immédiatement le fourgon de Louis qui s'arrêtait juste contre la porte de la grange. Puis Louis sortit en claquant la portière avec un bruit de boîte de conserve qui tombe par terre. Il ne le voyait pas, mais il l'entendait se parler tout seul. Ou peut-être parlait-il à un animal, car John perçut alors un grognement qui ne pouvait en aucun cas être celui d'un chien.

La porte de la grange s'ouvrit en tremblant, et John s'enfonça dans la paille, dans le coin le plus sombre. Il entendait la voix de Louis qui disait :

« Putain, ça pue là-dedans. » Puis, « Allez viens, connard ». Un second grognement puis un petit cri aigu. John comprit que Louis venait d'amener un cochon. Il se mit à transpirer malgré le froid. Il imaginait Louis montant l'échelle pour une raison ou pour une autre, qu'il n'arrivait pas lui-même à deviner. Pourquoi gravissait-on les échelles dans le monde de Louis ? Il entendit toutes sortes de bruits qu'il ne reconnaissait pas mais qu'il devinait et les paroles que Louis s'adressait à lui-même l'aidaient à reconstituer les gestes brutaux avec lesquels il recherchait des objets dont John n'avait jamais eu l'usage.

Au bout de quelques minutes, après un « Bon, ça y est » sonore qui résonna contre les murs de la grange, la porte se referma et John resta en compagnie d'un cochon qui trottinait nerveusement de long en large en couinant.

Le soir venu, Louis se servit un Ricard, seul dans sa cuisine. Il essayait de passer en revue tous les actes qu'il avait commis secrètement depuis qu'il avait découvert le corps d'Héloïse, puis cette liste rentrait en concurrence avec une autre, celle des tâches quotidiennes qu'il avait à accomplir, comme s'il cherchait à oublier tout ce que sa vie avait eu de monstrueux depuis quelque temps en répétant comme des prières une infinie succession de corvées. Le pastis lui donna des brûlures d'estomac qui fournirent presque une distraction pendant quelques instants. Puis, sans se le formuler il conclut qu'il établissait ses listes pour ne pas avoir à effectuer la dernière tâche secrète et criminelle qui l'attendait. Il alla chercher son fusil, le sortit de sa gaine de Skaï, le tourna une ou deux fois entre ses mains et monta se coucher.

Jean Desjean se demanda si neuf heures ce n'était pas un peu tôt pour ces gens-là. Il referma la portière de sa camionnette et le bruit réveilla John. Il traversa la cour. Frappa à la porte. Elle devait être chez elle puisque sa voiture était garée devant la porte. Jean n'avait pas l'habitude de penser qu'on pouvait se rendre quelque part à pied. Il frappa et ne reçut pas de réponse. Il tourna la poignée de la porte, elle n'était pas fermée à clef, il y vit le signe qu'il pouvait entrer sans outrepasser ses droits ou la bienséance, même s'il éprouvait un vague sentiment de culpabilité en raisonnant ainsi, parce qu'il savait qu'il se mentait à lui-même. Il observa le désordre qui régnait chez eux et qui le fit sourire. Elle avait même laissé un couteau à viande sur la table de la cuisine, et un peu plus loin, la carcasse du poulet qu'elle avait dû grignoter la veille.

Il perçut un bruit d'eau qui sortait de l'autre pièce. Il s'avança à pas furtifs. Elle prenait sa douche. Le sang se mit à battre dans ses tempes.

John aussi sentait le sang qui battait dans ses tempes. Depuis la fenêtre de la grange, il venait de voir cet homme entrer chez lui (à neuf heures du matin, beaucoup trop tôt) comme en pays conquis. Ça faisait des jours qu'il attendait ce moment, avoir sous les yeux la preuve de la culpabilité de Georgia, et maintenant il priait le ciel pour que ça ne soit pas vrai. Il en aurait pleuré. Il aurait préféré ne pas être là et ne pas voir ça, continuer à aimer Georgia sans rien savoir.

Il entendit à peine le deuxième véhicule qui approchait et s'arrêtait devant la grange. Le fourgon de Louis. Il entra dans la grange et cria : « Alors » à l'intention du cochon qui s'était agité en le voyant. Louis lui jeta une casserole de grain par terre en gueulant : « Bouffe connard ». Puis il alla remplir le seau bleu avec de l'eau. Il regardait le cochon manger, les mains dans les poches, légèrement penché en arrière, et songeait que puisqu'il avait le fusil sur lui pour régler son compte à l'autre connaud, il pouvait autant flinguer et saigner le cochon le même jour.

C'est là qu'une troisième voiture se fit entendre, elle ralentissait en approchant. Le chauffeur était descendu tandis que le moteur tournait toujours. Il tenait la portière ouverte. C'était le vieux Desjean, qu'on entendit gueuler à se faire éclater les poumons : « Alors t'es encore en train de la baiser ta putain ! » Puis il se remit au volant et démarra.

Georgia était sortie de la douche, avec juste une serviette autour des reins. Elle avait sursauté en voyant un homme chez elle et la surprise avait été telle qu'elle ne l'avait pas reconnu immédiatement, elle avait tenté de cacher sa poitrine avec ses mains et à ce moment, elle avait entendu un cri à l'extérieur qui l'avait plongée dans la panique.

Jean Desjean aussi l'avait entendu. Et il en était resté comme pétrifié. Il ne comprenait plus ce qui se passait. C'était la voix du vieux. Il ferma les yeux et crut comprendre, le vieux l'avait fait venir chez cette femme qui ne l'avait pas appelé, pour l'humilier, pour venir pousser ses cris à l'extérieur et pouvoir se moquer de lui par la suite. Mais Jean se trompait. Au moment où il se retournait pour sortir, sans même pouvoir bégayer des excuses à cette femme à moitié nue, il se retrouva face à l'Anglais qui brandissait une masse.

Louis l'avait vu dévaler l'échelle, tomber par terre, puis se relever avec des gestes de sanglier qui s'ébroue, il avait saisi un outil sans même le regarder, puis il avait passé la porte, traversé le chemin, et disparu à l'intérieur de la maison.

Là, chez lui, John avait eu le temps de voir sa femme à moitié nue devant son amant. Tout se déroulait dans la continuité du mauvais rêve qu'il avait fait cette nuit-là. D'abord la masse s'était abattue sur l'épaule de Desjean qui s'était écroulé.

La serviette autour des reins de Georgia était tombée par terre. Elle regardait cette deuxième apparition plus incompréhensible encore que la première et elle criait « John ? John ? » Puis la masse l'avait atteinte en plein visage.

Desjean était reparti immédiatement après avoir poussé son cri. Louis avait traversé le chemin puis la cour, sur les pas de John, et par la porte entrouverte il les avait vus tous les trois, baignant dans le sang. Il regardait bouche bée, en se prenant la tête à deux mains et en blasphémant à voix basse. L'Anglais avait un couteau à viande planté dans le dos, sa femme n'avait plus de visage, et Jean Desjean était évanoui sur le sol, peut-être mort lui aussi.

Une détonation sèche, sans écho. On tirait à balles. Puis une deuxième. On chassait le gros gibier. Il se rendit compte tout d'un coup que la chasse était fermée et qu'il n'avait pas vu de chasseurs au poste à attendre le sanglier. Ce furent les dernières pensées du vieux Desjean. Il comprit que c'était sur lui qu'on tirait, et il n'eut aucun mal à deviner qui tenait le fusil, même s'il n'arrivait pas à le voir. Puis le pare-brise éclata en mille morceaux faisant de la forêt, du ciel et de tout ce qui l'entourait un kaléidoscope vert et rouge.

« Quand même, il en aura fallu trois », songea Louis avant de sortir la dernière balle de son fusil. Puis il remonta dans le fourgon sans même un regard vers la 4L qui avait quitté le chemin et gisait comme un animal mort sur le bas-côté. Puis il se reprocha sa lenteur et ses hésitations. Il aurait fallu faire ça plus tôt. Toujours en retard, on ne pouvait pas non plus être partout à la fois. Maintenant il devait passer à Saint-Saud pour aller chercher une vache qu'on attendait le lendemain matin à l'abattoir. Dès cinq heures.

Il y avait plus d'une semaine qu'il n'avait pas reçu d'appel. Pourtant elle le lui avait promis. Il savait que lui était à Londres cette semaine-là. Il voulait voir où elle vivait même si elle préférait le château pour leurs rencontres ; ses émerveillements de petite bourgeoise avaient d'ailleurs fini par le toucher.

Ashley décida d'adopter une conduite qui ne lui ressemblait pas. Il monta dans sa voiture et prit la direction du village où elle habitait. Il se souriait à lui-même. Il n'aurait jamais imaginé qu'il pourrait devenir l'amant d'une femme aussi belle. Sans doute était-ce en raison même de sa laideur, de son corps gras et grotesque qu'il avait pu la séduire. L'inviter à passer tout un après-midi chez lui, dans son lit. Il savait que ces choses-là arrivaient, mais il ne pensait pas qu'il connaîtrait cela un jour. Et puis si son mari était là quand il arriverait, il dirait qu'il était allé déjeuner chez Sue Brimmington-Smythe et qu'il avait songé leur rendre visite, pour… euh pour indiquer à John certaines propriétés à vendre qui seraient intéressantes pour cette agence immobilière qui l'employait à Londres.

Quand il arriva au hameau où John et Georgia habitaient il trouva le lieu gelé par les gendarmes. Deux fourgons bleu marine étaient garés en face d'une grange et on avait mis des cordons rouge et blanc devant l'entrée de la cour. Ashley aperçut un couple de vieux qui regardaient, un peu en retrait, puis deux vieilles, encore un vieux. Il s'approcha pour demander ce qui se passait. Il remarqua qu'une des vieilles avait les larmes aux yeux. Le vieux se racla la gorge avant de lui dire que c'était la maison des Anglais et qu'apparemment ils étaient tous morts à l'intérieur. C'était sa femme qui les avait trouvés là en apportant des œufs. Il demanda à Ashley si c'étaient des amis. Il ne répondit pas. Il resta silencieux quelques minutes. Puis apercevant les silhouettes en bleu coiffées de képi, il décida de tourner les talons et de repartir le plus vite possible sans donner d'explication.

Rivages / noir

Dernières parutions

André Allemand
Au cœur de l'île rouge (n° 329)

Claude Amoz
L'Ancien crime (n° 321)

Alicia Gimenez Bartlett
Rites de mort (n° 352)

Cesare Battisti
Dernières cartouches (n° 354)

Marc Behm
Tout un roman ! (n° 327)

Bruce Benderson
Toxico (n° 306)

Abdel H. Benotman
Les Forcenés (n° 362)

Stéphanie Benson
Un meurtre de corbeaux (n° 326)

Michel Boujut
Souffler n'est pas jouer (n° 349)

Daniel Brajkovic
Chiens féroces (n° 307)

Wolfgang Brenner
Welcome Ossi ! (n° 308)

Yves Buin
Kapitza (n° 320)

Edward Bunker
Les Hommes de proie (n° 344)

James Lee Burke
Dans la brume électrique avec les morts confédérés (n° 314)
La Pluie de néon (n° 339)

Jean-Jacques Busino
La Dette du diable (n° 311)
Le Théorème de l'autre (n° 358)

Daniel Chavarría
Un thé en Amazonie (n° 302)

Daniel Chavarría/Justo Vasco
Boomerang (n° 322)

George Chesbro
Le Second Cavalier de l'Apocalypse (n° 336)

Hélène Couturier
Sarah (n° 341)

Jean-Paul Demure
Les Jours défaits (n° 351)

Jean-Claude Derey
Black Cendrillon (n° 323)

Pascal Dessaint
Du bruit sous le silence (n° 312)
Une pieuvre dans la tête (n° 363)

James Ellroy
Ma part d'ombre (n° 319)

Kinky Friedman
Dieu bénisse John Wayne (n° 348)

James Grady
Steeltown (n° 353)

Salah Guemriche
L'Homme de la première phrase (n° 357)

Joseph Hansen
En haut des marches (n° 342)

John Harvey
Lumière froide (n° 337)
Preuve vivante (n° 360)

Vicki Hendricks
Miami Purity (n° 304)

Tony Hillerman
Un homme est tombé (n° 350)

Bill James
Retour après la nuit (n° 310)
Lolita Man (n° 355)

William Kotzwinkle
Le Jeu des Trente (n° 301)
Book of Love (n° 332)

Christian Lehmann
Un monde sans crime (n° 316)

Jean-Patrick Manchette
La Princesse du sang (n° 324)

Dominique Manotti
À nos chevaux ! (n° 330)

Jean-Hugues Oppel
Cartago (n° 346)

Abigail Padgett
Oiseau de Lune (n° 334)

Hugues Pagan
Vaines Recherches (n° 338)
Dernière station avant l'autoroute (n° 356)

Pierre Pelot
Natural Killer (n° 343)

Michel Quint
L'Éternité sans faute (n° 359)

Louis Sanders
Février (n° 315)

Budd Schulberg
Sur les quais (n° 335)

Roger Simon
La Côte perdue (n° 305)

Pierre Siniac
L'Orchestre d'acier (n° 303)
Luj Inferman' et La Cloducque (n° 325)
De l'horrifique chez les tarés (n° 364)

Les Standiford
Johnny Deal dans la tourmente (n° 328)
Une rose pour Johnny Deal (n° 345)

Paco Ignacio Taibo II
Jours de combat (n° 361)

Ross Thomas
Traîtrise ! (n° 317)
Voodoo Ltd (n° 318)

Marc Villard
Made in Taïwan (n° 333)

Donald Westlake
Faites-moi confiance (n° 309)
Trop humains (n° 340)
Histoire d'os (n° 347)

Janwillem Van De Wetering
Le Papou d'Amsterdam (n° 313)
Maria de Curaçao (n° 331)

Charles Willeford
Les Grands Prêtres de Californie (n° 365)

Achevé d'imprimer sur rotative
par l'imprimerie Darantiere à Dijon-Quetigny
en août 2000

Dépôt légal : 3e trimestre 2000
N° d'impression : 20-0864